戸塚 陸
［イラスト］白蜜柑
【恋バナ】これは
トモダチの話なんだけど
[KOIBANA] KORE wa
TOMODACHI no HANASHI NANDA KEDO
～すぐ真っ赤になる幼馴染の大好きアピールが止まらない～

[KOIBANA] KORE wa
TOMODACHI no HANASHI
NANDA KEDO

[CONTENTS]

TOZUKA RIKU
&SHIROMIKAN
PRESENTS

第一章　【恋バナ】これはトモダチの話なんだけど

「ねぇ、知ってる？　なんかまた告白されたらしいよ」

ある春の朝、瀬高蒼汰《せだかそうた》が教室の端でスマホをいじっていると、楽しげな声が耳に届いた。ちらと視線を向ければ、前方に数人の女子が集まって話している。これはいわゆる恋バナというやつだろう。

「えー、またー？　これで何人目？　どうせ今度も振ったんでしょー？」

「まあね。これまで玉砕した男の数は百を超えてるとか」

「いやいや、いくらなんでも盛りすぎだって～！　多くても五十人くらいでしょ」

「あはは、それでも多すぎ～」

時に笑いながら、大声で盛り上がっている。こういう場合は、大抵が他人の恋愛話である。

（……なるほどな）

この時点で、蒼汰は話題の人物に見当がついていた。

都心から少し外れた位置にあるそれなりの進学校、ここ都立穂波《ほなみ》高校で数多《あまた》の男子から告白され、それらを全て振り続けている女子といえば、一人しかいないからだ。

しかもその女子といえば、蒼汰と同じ二年B組の所属で、それに――

――ガラーッ。

そのとき、前方の扉が開いた。同時に室内は静まり返る。

現れたのは、一人の女子生徒だった。

艶《つや》やかで長い黒髪に、ぱっちりとした大きな瞳。あどけなさを残しつつも、人目を惹《ひ》く整った顔立ちに、新雪のように白い肌。小柄で華奢《きやしや》ながらに出るところの出た抜群のスタイルを誇り、どこか凛々《りり》しさを感じさせるその容姿と雰囲気から、学校一可愛《かわい》いと評判の美少女。

藤白《ふじしろ》乃愛《のあ》。

それが彼女の名前だった。

異様なほどに可憐《かれん》な彼女の姿に、誰もが見惚《みと》れてしまう。

だがそこで、先ほど恋バナをしていた連中の一人が近づいていく。

「おはよ、藤白さん！　今ちょうど藤白さんの話をしていたところだったんだよね～」

しかも自ら話題に挙げていたことを暴露したではないか。これには他の女子も驚いている。

「おはよう。そうなの？」

さっぱりとした表情で小首を傾《かし》げる乃愛。そこへ、さらに連中の一人が駆け寄っていく。

「ちょっと、本人に話すつもり？」

「いいからいいから。事の真相とやらをはっきりさせておきたかったし」

その女子生徒は咳払《せきばら》いをしてから、思いきって切り出す。

「あのさ、藤白さんってこの前サッカー部の山内《やまうち》先輩から告られたんだよね？　しかもその場で振ったって聞いたけど、理由を聞いてもいいかな？」

サッカー部の山内先輩といえば、部内のエースで相当なイケメンとも言われているザ・モテ男子のはずだ。それほどの人気者を即座に振った理由が気になるらしい。

皆から人気のイケメン男子の名前が出たというのに、乃愛は無表情で淡々と答える。

「興味がなかったから。──というか、正直誰のことか覚えてない」

ばっさり、と。

どこまでも素っ気ない乃愛の言葉に、女子生徒たちは衝撃を受けた様子で固まった。

その光景を遠目に眺めながら、蒼汰は呆《あき》れぎみに心の中でぼやいていた。

（ああ、やっぱりこうなったか……）

これまでにも蒼汰は、何度か同じような光景を目撃している。

乃愛は昔からこの手の話題を振られても素っ気なく答えるのみ。普通の女子が食いつくような恋愛の話には興味を示さずに、周囲を困惑させるのが常である。

だが今回に限っては、周囲の反応が予想していたものとは大きく異なった。

我に返った女子たちは揃《そろ》って「おぉ～」と声を上げ、感心しながら拍手まで始めたのだ。

「やっぱり藤白さんって、すごいクールなんだね！　そういうの憧れちゃうな～！」

「……どうも」

質問した女子は目を輝かせていて、乃愛は少し驚いているようだった。

どうやらこの一年で、『藤白乃愛はそういう人』という認識が学内に広まった影響らしい。

乃愛が恋愛話に興味を持たないことも、学内のイケメンからの告白を問答無用で断ることも、クールで話し方が少し独特なことも、今や意外なことではないというわけだ。

要するに、乃愛がちょっと変わった人だという認識が定着し、受け入れられたのだろう。

この変化が良《い》いか悪いかはさておき、恋バナの盛り上がりはさらに過熱していく。

「けどさ、うちらも今年で高二だし、そろそろ彼氏作らないとやばいよね！　来年受験だし」

「あー、華のセブンティーンって言うもんね～！」

「あはは、イマドキその言い回しはどうなん？　でもマジで焦《あせ》るわ～、今年こそは勝負しないとやばいっしょ！　乙女的に！　藤白さんもそう思わない？」

「…………」

「藤白さん？　おーい」

乃愛は黙っていたかと思えば、呼びかける声にも無反応のまま、会話の輪から外れる。

そしてそのまま、蒼汰の隣である窓際《まどぎわ》最後列の席に座ったかと思えば、

「おはよう、蒼汰」

「ああ、おはよう乃愛」

乃愛が名前呼びで挨拶をしてきて、蒼汰も親しげに返答する。

その光景に女子たちは黄色い声を上げた。普段から乃愛は男子とろくに話もしないことで有名だが、一人だけ例外がいて――それを実際に目の当《まあ》たりにしたことで興奮したらしい。

蒼汰はそれらの反応を鬱陶しく思いながらも、乃愛との会話を続ける。

「話の途中だったみたいだけど、抜けてきてよかったのか？」

「問題ない。元々、周囲の意見に左右されるつもりはないし」

「そうは言うけど、もうちょっと愛想《あいそ》よくしてもいいんじゃないか？」

「必要ない。私は蒼汰にだけ理解してもらえれば十分だから」

淡々と口にした乃愛の言葉に、周囲の熱気はさらに増す。

騒がしい空気の中、蒼汰はわざと周りに聞こえるように告げた。

「そんなことを言うとまた勘違いされるだろ、俺たちはただの『幼馴染《おさななじみ》』なのに」

そう口にした通り、蒼汰と乃愛は『幼馴染《おさななじみ》』である。

二人の関係は十年以上も続いていて、いわゆる家族ぐるみの仲とも言えるほどに良好。それゆえに、乃愛は蒼汰にだけ親密に接してくるのだ。

「べつに、私は勘違いされようが構わないし」

「はいはい、周囲の意見に左右されない人は楽ですね～」

「相変わらずのつれない態度。照れ隠しもほどほどにしてほしい」

「反応しづらい言い方をしないでほしいんだが⁉　そりゃあ俺だって、時と場所を考えてくれればもう少し丁寧な対応をすると思うぞ！」

「蒼汰なんかもう知らないから」

「ここであからさまに突き放されると、それこそ痴話喧嘩《ちわげんか》をした空気になるだろうが……」

乃愛はむくれてそっぽを向いてしまう。

せっかくなんでもない空気を作り出そうとした蒼汰の努力は空《むな》しく、今や完全に痴話喧嘩《ちわげんか》の状態が生まれている。おかげで周囲は距離を置いてくれたわけだが。

そうして二人だけの空間ができたことで、蒼汰はふと乃愛の横顔を眺めてみる。

ぱっちりとした目元に長い睫毛《まつげ》、整った鼻梁《びりょう》と薄い唇。静寂が様になるその理知的な顔立ちには、思わず見惚《みと》れてしまうほどだった。

（やっぱりこいつ、黙っていればものすごく可愛《かわい》いよな）

いくら幼馴染《おさななじみ》とはいえ、こんな美少女から慕われ、特別扱いをされて悪い気はしない。先ほど照れ隠しと言われたことも、あながち外れてはいないのだ。というか完全に図星であった。

――つまり蒼汰は、幼馴染《おさななじみ》である乃愛に惚《ほ》れていた。

きっかけはわからない。ただ、気づいたときには好きになっていたのだ。

けれど、この気持ちを表に出すつもりはない。

相手は数多《あまた》のイケメンの告白を振っている乃愛だ。恋愛に積極的とは思えないし、蒼汰がいくら親しいと言ってもそれは家族的な意味合いで、脈があるとは到底思えなかった。

それにもしも告白すれば、二人の関係は変わるだろう。振られるようなことがあれば、なおさら今までの関係ではいられなくなるはず。

そうなることは避けたかった。乃愛のそばにいることが、蒼汰にとっては一番大切なことだったからだ。

所詮は高嶺《たかね》の花。変に勘繰られないうちに蒼汰が視線を外そうとしたところで、

「……華のセブンティーン」

唐突に、ぼそりと乃愛が呟《つぶや》いた。

「へ？」

似つかわしくない単語に蒼汰が困惑していると、乃愛はハッとしてから向き直ってくる。

「その、さっき口にしていた人がいて」

「ああ、十七歳は楽しいことがある——みたいな意味だっけ。まあ高二は大人目前というか、節目の年ではあるよな。話の流れ的には、恋愛方面の意味合いだったんだろうけど……もしかして、乃愛も恋愛に興味が湧いたとか？」

「最近読んだ漫画に同じような単語が出ていたから、少し気になっただけ」

乃愛はこう見えても漫画やアニメ、ゲームなどのインドアな趣味を嗜《たしな》むことが多い。

ただ、理由を説明する乃愛が少しそわそわしているように見えたのは気のせいだろうか。

「まあ、いきなり乃愛が恋愛に興味を持つはずもないか」

「その言い方は私に失礼。有象無象には興味がないだけ」

「あはは、悪かったよ。乃愛だって年頃の女の子だもんな」

「その言い方はちょっとおじさんくさい」

「じゃあどう言えばいいんだよ！　ったく、ああ言えばこう言うんだから」

「ともかく、私だって――まあいい」

担任が教室に入ってきたことで、会話が中断されてしまう。

続きが気になってモヤモヤする蒼汰を見てか、乃愛は微笑《ほほえ》みながら声をひそめて言う。

「――今日の放課後、話があるから教室で待ってて」

「え、ああ、わかった」

気の抜けた反応をする蒼汰に構わず、乃愛は前方に向き直る。

この流れでそんなことを言われると、つい都合の良《い》い解釈をしそうになるわけで。

とはいえ、蒼汰が面を食らったのも一瞬のこと。乃愛の気まぐれや思いつきに振り回されるのは、何もこれが初めてじゃない。きっと先生に呼び出しを受けて困っているだとか、掃除を手伝ってほしいだとか、そういった手合いの用件に違いない。

でも、一つだけ気がかりなことがあった。

それは、乃愛が恥じらうように顔を赤くしていたことである。

（……まさか、な）

頭に一瞬浮かんだ雑念をすぐさま振り払い、蒼汰も前方に向き直る。

きっとなんてことはない、いつもの日常の延長だろう。

そう考えて、蒼汰は自分を納得させるのだった。

こうやってずっと、蒼汰さえ気持ちに蓋をしていれば、乃愛との関係は変わらないものだと思っていた。

――このときは、まだ。

◇

放課後を迎えた。

蒼汰は呼び出しの件が気になって、授業中も休み時間もずっと落ち着かずに過ごしていたので、ようやくといった気持ちである。

掃除が終わると大半の生徒はいなくなり、数分もすれば誰もが教室を後にした。

おかげで現在、夕日差し込む教室の中には蒼汰と乃愛の二人きり。

ぼんやりと窓の外を眺めていた乃愛が、ちらりと視線を向けてくる。

「やっと二人きりになれた」

「えっと、そうだな」

淡々とした口調はいつもと変わらないが、乃愛の頬に朱が差しているのがわかる。どことなく表情も強張《こわば》っているし、これは夕焼けのせいだけじゃないだろう。

そのことに気づいて、蒼汰は喉の渇きを覚えるほどに緊張する。

乃愛がふぅと一息ついてから席を立ったことで、蒼汰もつられて立ち上がる。

二人の間には妙な緊張感が漂っていた。

夕日に照らされて、乃愛の艶《つや》やかな髪が淡いオレンジ色に光る。その髪を片耳にかけると、乃愛は頬を微《かす》かに赤らめたまま、視線を向けてきて言う。

「実は蒼汰に相談というか、聞いてほしいことがあって」

いつになく真剣なその表情に、声のトーンに、蒼汰は頷《うなず》くことしかできなかった。

それを確認した乃愛は意を決したように口を開く。

「これは、トモダチの話なんだけど……」

躊躇《ためら》い交じりに視線を泳がせながらそう切り出した。

（そ、それって……）

まず聞いたときに蒼汰が思ったのは、『これって乃愛自身の話なんじゃ？』ということ。

なぜならこの『トモダチの話』という前置きは、自分の相談話を持ちかける際に使う照れ隠しだったり、遠慮なく自分語りをする目的で使われる、いわばテンプレ的な文言だからだ。

ゆえに、蒼汰はこの場の緊張感をほぐすつもりで、軽口を叩《たた》くように言う。

「そんなこと言って、乃愛の話なんじゃないのか？」

「ち、ちがっ……私じゃなくて、トモダチの話だから！　ちゃんと話を聞いて」

慌てながらも、乃愛は必死な様子だ。

蒼汰は少し悪いことをしたなと思いつつ、再び頷《うなず》いてみせる。

すると、乃愛は大きく深呼吸をしてから口を開く。

「——これはトモダチの話なんだけど、蒼汰のことが好きみたいなの」

「えっ」

蒼汰は間抜けな声を漏らしてから、口をあんぐりと開けて固まってしまう。

あまりにも予想外のことを言われたせいで、頭の中で理解が追いつかないでいる。

目の前に佇《たたず》む乃愛は、心なしか先ほどよりも顔が赤くなっている気がした。

状況を整理すると、乃愛の話に出た『トモダチ』とやらは蒼汰のことが好きらしくて、でもこの話には『トモダチの話』という前置きがあったわけで、つまりは――

「お、おまっ、俺のことが好きだったのか⁉」

「なんでそうなるの⁉　トモダチの話！　誰がいつ私の話って言った⁉」

乃愛は顔を真っ赤にしながら言い張るが、蒼汰の方だって思うところがある。

「それなら、トモダチって誰だよ？　乃愛が誰かに恋愛相談をされるイメージなんかないぞ」

「ノーコメント、言えるわけない。トモダチは裏切れないし」

まあ、そう答えることは予想できた。相手の名前を言えるなら、初めから『トモダチ』だなんて濁した言い方はしないだろう。

こうなれば、次に蒼汰が言うことはただ一つ。

「何よりも、自慢じゃないが、俺は自分に好意を持ってくれるような女の子には微塵《みじん》も心当たりがないんだ！　でも唯一、身近にいる乃愛が消去法で残るって話なら納得はいく！」

「うわ……ほんとに自慢ができない主張を堂々としてくるとか、痛々しくて聞くに堪えない」

「事実なんだからしょうがないだろ！　今さら幼馴染《おさななじみ》に見栄《みえ》を張るつもりもないしな！」

引きぎみに辛辣な意見をいただいたが、説得力は十分のはずだ。

だというのに、乃愛は不満そうに見つめてくる。

「とにかく蒼汰がどう思おうと、これはトモダチの話。その上で、蒼汰は相談を聞くつもりがあるのかどうか答えて」

昔から乃愛は変なところで頑固だった。今回も、折れるつもりはないのだろう。

こう言われた以上、蒼汰は静かに頷《うなず》くほかなかった。

「わかったよ、ひとまずはトモダチの話ってことで相談に乗る」

「ありがと。……って、どうしてニヤニヤしてるの？　気味が悪いんだけど」

おっと、嬉《うれ》しさが顔に出てしまっていたらしい。

ひとまずはトモダチの話という前提で話を聞くことにしたが、蒼汰の中ではすでに『トモダチ＝乃愛』という線でまとまっているのだ。これが喜ばずにいられるはずもない。

何せ、乃愛は蒼汰を好きということになる。今まで乃愛はそんな素振りを見せなかった気がするが、素直になれなかったと考えれば乃愛らしいとも言えるのだ。

ゆえに、蒼汰は浮かれていた。気持ちが高揚し、顔がニヤつくのも無理はなかった。

「そーうーたー？」

「ハッ⁉　悪い悪い、俺を好きな女の子がいるって聞いたからつい舞い上がっちゃって」

「蒼汰も、やっぱり嬉《うれ》しいものなんだ」

乃愛は呟《つぶや》きながら、複雑な表情をしていた。

曇りがちなその顔を見ていられなくて、蒼汰は続きを促すことにする。

「でも、どうしてその話を俺本人に相談しようと思ったんだ？」

「えっと、私がトモダチに協力をする上で、蒼汰に聞きたいことがあって」

「なんだ？」

「──蒼汰は、どんな女の子がタイプ？」

問いかけてきた乃愛は、見るからに緊張していた。

彼女の緊張が伝播《でんぱ》した気がして、蒼汰も身体《からだ》を強張《こわば》らせる。

（ここで馬鹿正直に乃愛が理想なんて、言えるはずないよな……）

先ほどの威勢はどこへやら。こちらが答える番になれば、途端にある思考が脳裏をよぎる。

──もしも、違ったら？

本当に『トモダチ』という存在がいて、乃愛が蒼汰のことを好きではない場合を想像してしまう。そんな弱腰の考えが頭に浮かんだことで、蒼汰の気持ちはすっかり萎縮していた。

「……優しい子、とか？」

「なにそれ。全く参考にならない」

「う、うるさいなっ、まさか乃愛から恋バナをされるとは思わなかったんだよ！　だいたい、俺だって恋愛経験はないんだし、こっちにも心の準備というやつがだな……」

話している間にも、乃愛のジト目が刺さってくる。

確かに先ほどの答えはダメなやつだった。もう少し踏み込んだことを口にするべきだろう。

「あとは、その……一緒にいて、気を張らないで済む相手とか」

「ふむふむ」

乃愛は興味深そうにスマホへメモをしている。

これぐらいの答えであれば、よくある問答の範疇《はんちゅう》だろう。

そこで乃愛はため息交じりに言う。

「じつは今のところ、トモダチはこれっっっぽっちも蒼汰に恋愛対象として意識してもらえてなくて、だからまだ告白する勇気が出ないみたいなんだけど……そういう場合、どうしたらいいと思う？　蒼汰ならどんなことをされたら、そういう相手を女の子として意識する？」

やけに「これっっっぽっち」の部分のタメが長かったが、それほどまでに蒼汰は唐変木だと思われているのか。

（まるで俺が悪いみたいな言い方だけど、そんなに乃愛はアピールしていたのか？）

そこばかりが引っかかるせいで、なかなか考えがまとまらない。

「そんなことをいきなり聞かれてもな……」

「じゃあ、普通の男子の場合でもいい。蒼汰が思いついたものを教えて」

「普通の男子だったらやっぱり……──ギャップ、とか？　たとえば、普段大人しい子が女の子っぽい恰好《かっこう》をしてきたりとか、そういうのを見せられたら意識するかもな」

「ギャップ、ね。なるほど、参考にさせてもらう」

乃愛の反応からして、納得のいく答えが得られたらしい。

スマホを鞄《かばん》にしまって、すでに帰る準備を始めている。

「もう終わりなのか？」

「うん」

「マジか」

「マジ」

てっきりこの流れなら、『好きな人はいるのか？』みたいな踏み込んだ質問をされてもおかしくないと思ったが、質問タイムは終了らしい。

蒼汰もこの場でいきなり告白をしようなどとは思っていなかったが、どうにも肩透かしな気分になってしまう。

だが、乃愛の方は満足そうに、照れぎみな笑顔を向けてきて、

「今日はありがと。ひとまず方向性はわかったし、とりあえずは大丈夫。それじゃ、帰ろ」

「お、おう」

自分を好きな相手だと意識したせいだろうか。幼馴染《おさななじみ》がいつも見せている笑顔が、妙に可愛《かわい》く思えて仕方がない。

蒼汰は心臓をドギマギさせながらも鞄《かばん》を担《かつ》いで、教室を出ようとする。

と、前方を歩いていた乃愛が唐突に振り返って——

そう言って、乃愛はスカートの裾をいきなりつまんでみせた。

「チラリ」

「――ッ⁉」

僅かに捲《めく》られたスカートからは、白い太ももが覗《のぞ》いている。

言葉通り、チラ見えである。

当然、蒼汰の視線は釘付《くぎづ》けになり、奥の布地を想像してしまう。

だが、そこでスカートの裾は元に戻ってしまった。

「……………なんのつもりだ」

お預けを食らった蒼汰が恨めしい視線を向けると、乃愛はいたずらっぽく微笑《ほほえ》んでみせる。

「蒼汰の言う通り、確かに『ギャップ』は効果的みたい」

「おまっ、男子の純情を弄んだのか……っ⁉」

「フッ、案外チョロい男だと言っておこう」

「くぅっ……こいつ、覚えてろよ」

具体的な仕返し方法は思いついていないが、いつかやり返してやろうという気になる。

でもまさか、乃愛がギャップをこんな風に解釈してくるとは。

普段の可憐《かれん》な乃愛には似つかわしくない、ちょっぴりえっちな仕草との取り合わせ……。

うん、確かにこれは素晴らしいギャップかもしれない。

「蒼汰、顔がやらしくなってる」

自分から仕掛けてきたくせに、平然とジト目を向けてくる乃愛。

「仕方がないだろ、これでも年頃の男子高校生なんだから」

「幼馴染《おさななじみ》が相手でも、そういう気持ちになるんだ？」

尋ねてくる乃愛は、再び微笑《ほほえ》んでいて。

その笑顔が嬉《うれ》しそうに見えたのは、きっと気のせいじゃないはずだ。

「いくら幼馴染《おさななじみ》とはいえ、異性同士には違いないんだからな……っ」

「ふ〜ん、へ〜」

からかうような態度の乃愛に続いて、蒼汰はやれやれと嘆息しつつ教室を出た。


夕暮れ時の下校道を並んで歩く。

少し歩いたところでコンビニが見えてきて、それから五分ほど歩くと、今度は河川敷《かせんじき》に差し掛かる。

この河川敷《かせんじき》は蒼汰と乃愛にとって、馴染《なじ》みのある場所だ。

川の近くでは、小学生らしき少年少女が石を投げて遊んでいた。まだ初夏と言うには早い時季だというのに、半袖短パンの元気な姿が目につく。

「やっぱり元気だなぁ、小学生は」

「蒼汰もまぜてもらえば？」

「いや、べつにまざりたいわけじゃないって……。行ってもせいぜいオモチャにされるのがオチだろうしな」

「大丈夫、蒼汰ならきっと仲間として歓迎されるはず」

「乃愛の中で、俺がどういう扱いなのかはよくわかったよ」

「何事も初心《しょしん》は大事」

ドヤ顔で良《い》いことを言ったとばかりに、乃愛が鼻を鳴らす。

（もういつも通りって感じだな）

先ほど恋愛相談をされたときには、あの乃愛がついに大人になったのかと思ったが、こうして普段通りの姿を見るとホッとする。

もしもどちらかが告白をしたら、二人の関係は変わるはずだ。蒼汰側《がわ》の好意は我慢をすれば済んだが、乃愛側《がわ》の気持ちまではどうしようもない。そうなった場合は、腹を括《くく》るまでだ。

「蒼汰？」

「ん、なんだ——って、近っ⁉」

考えを巡らせていたら、乃愛がこちらを覗《のぞ》き込んでいた。

その距離が近くて、蒼汰は目を逸《そ》らしてしまう。

これも、乃愛が自分を好きかもしれないと意識した弊害だった。端的に言って、直視ができそうにない。

「目を逸《そ》らした。恥ずかしいの？」

「近くて驚いただけだ。そっちこそ、顔が赤いじゃないか」

「じゃあ、お互い様ってことで」

「それでいいよ、もう」

心臓に悪い。浮かれた気持ちのせいで、蒼汰の方が普段通りでいられる自信がなかった。

それからは会話らしい会話も弾まないまま、Y字の分かれ道に到着する。

街灯とカーブミラーが中央に設置されたこの分かれ道は、蒼汰と乃愛が別れる場所だ。

朝が弱い乃愛に合わせて登校は別々だが、下校時にはいつもこのY字の分かれ道まで一緒に帰るというのが、二人の習慣になっていた。

「そ、それじゃあ、また明日な」

「う、うん、また明日」

こちらに向かって小さく手を振る乃愛の頬は、相変わらずほんのり赤く染まっていて、それが蒼汰の鼓動をドギマギさせる。

きっと今は、自分も乃愛と同じように赤面していることだろう——と蒼汰は思いながらも、照れ笑いを浮かべて歩き出す。

「蒼汰」

少し歩いたところで背中に声をかけられたので、ゆっくりと振り返る。

すると、やっぱりまだ顔を赤くしたままの乃愛が、勇気を振り絞るように両手を握り込み、

「……ありがと。話を聞いてくれて嬉《うれ》しかった」

そう囁《ささや》くように告げてから、乃愛は背中を向けた。

普段の乃愛はクールで淡々としていて、ツンとした態度も多いが、こういうところでは律儀《りちぎ》だったりするのだ。その摑《つか》みどころのなさに、可愛《かわい》げを感じるのは幼馴染《おさななじみ》の贔屓目《ひいきめ》だろうか。

乃愛と別れてから、蒼汰は夕焼け空の下を一人で歩く。

「……まあ、なるようになるか」

先行きを思いながら、ともすれば投げやりな風に独り言をこぼす。

ドクン、ドクン……。

でも実は、未《いま》だに胸の鼓動が高鳴ったままである。

幼馴染《おさななじみ》との関係が変わるかもしれない——これは見方を変えれば、チャンスだ。

少なくとも、蒼汰にとっては大きな分岐点となるはずで。

だからこそ、選択を間違いないようにしたいと思う。

これからの日々に期待と不安を感じながら、蒼汰は帰路に就いた。

◇

翌日。

蒼汰は始業の三分前に登校したにもかかわらず、まだ乃愛の姿はなかった。

結局、乃愛がやってきたのは始業のチャイムが鳴るのとほぼ同時であり、乃愛が席に着いたところで担任が教室に入ってきた。

「お、おはよう、乃愛」

「おはよう」

蒼汰なりにいつも通りを意識して挨拶したものの、少々ぎこちなくなった自覚がある。

と、何やら違和感を抱く。具体的には、乃愛の血色がいつもより良《い》い気がした。

「ん？　なんか、いつもと違うような……」

「そう？　気のせいじゃない？」

などと言いつつ、乃愛はどことなく嬉《うれ》しそうだ。

乃愛は鞄《かばん》から手鏡を取り出したかと思えば、前髪を整え始める。その集中力ときたら起立の号令がかかっても反応しないほどで、そのまま日直が「礼」と「着席」を口にしたので流されたが、担任が苦笑いを浮かべているのが遠目にもわかった。

「おい、乃愛？」

「話しかけないで」

「お、おう……」

どういう心境の変化かはわからないが、今は蒼汰相手にも取り合うつもりはないらしい。

朝のＨＲが始まってからも、乃愛は手鏡とにらめっこの状態を続けていた。その横顔をなんとなく蒼汰は眺めていたのだが、なぜだかとても新鮮な気持ちになった。

長い睫毛《まつげ》、整った鼻梁《びりよう》、薄く形の良い《い》唇——見慣れているはずの幼馴染《おさななじみ》の横顔を見ているだけなのに、どうしてだか蒼汰は目が離せなくなってしまう。

極めつきは、リップクリームを塗る仕草だ。普段の彼女からは感じたことのない『色気』がある気がして、思わず生唾を飲み込んだ。

（ああ、だめだ。これは完全に昨日のことを意識しちゃってるな……）

自覚していても、やはり乃愛からは目が離せない。

——乃愛が自分を好きかもしれない。

そう考えるだけで、今でも顔がニヤつきそうになってしまう。

乃愛の横顔を眺めながら妄想をしているうちに朝のＨＲが終わり、ちょうど担任が教室を出ていったところで、乃愛は「よし」と掛け声を発する。どうやら整え終わったらしい。

その辺りで、一人の女子生徒がこちらに近づいてきた。

「おっす。今日の瀬高は普通みたいね」

声をかけてきた彼女の名前は、倉橋《くらはし》やちよ。

黒髪ショートボブが似合う優等生気質で、クラス委員を務めている。コミュ力が高く、去年も蒼汰・乃愛の両方と同じクラスだったことから割と話しやすい相手だ。

昨日の蒼汰は呼び出しの件を気にしてそわそわしていたので、心配してくれていたらしい。

「心配ありがとな、くらっしー。今日は平常運転だから安心してくれ」

「どういたしまして、ならよかったわ。——というか、その呼び方いい加減にやめなさいよ」

やちよ本人からは全く気に入られていない、『くらっしー』というあだ名をつけたのは蒼汰だ。名字の倉橋をもじったものである。

今のところ蒼汰以外は名前の方をもじって『やっちゃん』だとか、もしくは『倉橋さん』と普通に呼んでいるが、乃愛はやっちゃん呼びの方で定着していた。

とはいえ、やちよは蒼汰たちと放課後に遊んだりはしない。あくまで『それなりに』仲が良《い》いクラスメイトといった間柄で、彼女が乃愛の『トモダチ』というのは違う気がした。

——と、そこでやちよが何かに気づいたようで、乃愛の顔をじっと見つめる。

「あれ？　もしかしてだけど、藤白さんって今日メイクしてるよね？　ナチュラルメイクって感じで、すっごく似合ってるよ！」

「あー、なんか違うと思ったらそれか。確かに自然な感じで良《い》いかもな」

蒼汰もやちよの意見に同調したところで、乃愛はボッと顔を赤く染める。

「フッ、フフフ……もっと褒めるがいい」

「うわ、顔真っ赤じゃない。藤白さんは乙女で可愛《かわい》いなー。口調はまあ、残念なことになってるけど……。でも、一体どういう心境の変化？　瀬高となんかあったとか？」

「それは内緒」

「えー、教えなさいよー、気になるじゃなーい」

「う、やっちゃん近い」

女子同士がイチャイチャしている間にも、蒼汰は思考を巡らせる。

乃愛が普段はあまりしないメイクをいきなり頑張ってきたということは、何かしらの意図があってもおかしくない。

もしかしたら、乃愛なりに『ギャップ』を意識してのことかもしれなかった。

（でも、どうして乃愛が俺にギャップを見せる必要があるんだ？　昨日の話はやっぱり、乃愛自身の話だったってことなのか？）

意図を汲《く》み取《と》ろうと視線を向けたところで、乃愛と目が合ってしまう。

二人は数秒見つめ合った後、同時に視線を逸《そ》らした。

「へぇ～。二人でアツ～く見つめ合っちゃって、なんだか怪しいなぁ」

からかうようにやちよから言われて、蒼汰は慌てて取り繕う。

「そんなんじゃないって。というか仮にそうだったとしてもからかうなよ、エセ優等生」

「誰がエセだ！　確かにわたしは成績も中の上で、あんたよりもテストの点数はよくない半端《はんぱ》者な優等生かもだけど、そのぶん授業態度は雲泥《うんでい》の差《さ》があるんだからね！」

どうやらやちよの地雷を踏んでしまったらしく、ボルテージが急上昇している。

自慢じゃないが、蒼汰はテストの成績が良《い》い。自称・優等生であるやちよより、いつも一回りくらいは上だ。とはいえ、それは蒼汰が部活もバイトもやっていないからだが。

「まあまあ、そう怒るなよ。くらっしーはバレーボール部とバイトの掛け持ち状態だし、暇人の俺とは勉強量が違うのも仕方ないんだからさ。俺がエセって言ったのは、クラス委員のくせに男女の仲を冷やかすのはどうかって思ったからだし」

「そりゃあ、わたしも悪かったけど……でも、女子たるもの気になるじゃん、そういうの」

「へー、優等生でも他人の恋バナは気になるものなんだな」

「優等生とか関係ないから。女子高生はこの世で二番目に他人の恋バナが好きな人種なのよ」

「一番は？」

「女子中学生。もしくはＯＬ」

「幅広いな、女子の恋バナ好きは。でも巻き込まれる方は面倒この上ないんだぞ」

「だから悪かったって、ちょっとは反省してる。からかってごめんなさーい」

「いいさ、許してやろう。俺もエセって言ってごめんな」

「はいはい、おあいこってことね」

そんな軽口を叩《たた》くようなやりとりが済むと、やちよは「そろそろ一限が始まるし、わたしは席に戻るわ〜」と言って、自分の席に戻っていった。

ちなみに、蒼汰と乃愛が恋仲かどうかという問いについては、入学当初から数えきれないほど受けてきた。その全てを蒼汰が『ただの幼馴染《おさななじみ》』と一貫して説明したことで、今となっては表立って疑う者も少なくなったわけだが。

だからこそ、未《いま》だにからかってくるやちよみたいな相手は少数派だったりするわけで、実はそこまで面倒でもなかったりする。

——と、そこでふと隣に視線を向けたら、またもや乃愛と目が合った。

どうやら蒼汰とやちよが言い合っている間も、ずっと蒼汰のことを見ていたらしい。

「……どうかしたか？」

「べつに？」

「そうか」

と言う割に、チラチラとこちらを見てくる。

それは授業が始まってからも続き、蒼汰は集中することができずにいた。

このままだと精神衛生上よろしくないので、気になったことを小声で尋ねてみる。

「（なあ、乃愛。いきなりメイクをしてきたこともそうだけど、今チラチラ見てきているのも、昨日話した『ギャップ』が関係しているのか？　ほら、色気的な感じで）」

教師にバレないよう声をひそめて尋ねてみると、乃愛はふいっと視線を逸《そ》らし、

「（今は授業中だから、話は後で）」

「（いや、授業中ならチラ見してくるのもなんとかならないか？）」

「（ならない）」

「（でも乃愛が俺にギャップを見せてくるってことは、やっぱり昨日の話は乃愛のことだったんじゃ——）」

「（あれはトモダチの話。今だって私は、トモダチの参考にするために行動しているだけ）」

遮るように言い切られたことで、蒼汰は口をつぐむしかなくなる。

そうして結局、授業中も休み時間もずっと、乃愛からチラチラ見つめられるのだった。


ひと通りの授業が終わり、放課後を迎える。

ずっと視線を向けられていたせいか、蒼汰はとても気疲れしていた。

とはいえ、あとは乃愛と一緒に下校するだけだ。

校舎を出て、蒼汰がホッと一息ついたのも束の間《つかま》、乃愛がこちらを気にしたかと思えば、

「えいっ」

——むぎゅっ。

可愛《かわい》らしいかけ声とともに、いきなり乃愛が腕に抱きついてきたではないか。

「な、なんだよいきなり!?」

ひたすら動揺する蒼汰。

蒼汰の腕には今、とんでもなく柔らかい感触が伝わってきていた。

ふにゅん、と柔らかなその感触は間違いなく乃愛のおっぱいで……蒼汰の頭はまともに働かなくなる。

「なんか、我慢できなくなって」

そう告げた乃愛は言葉の割に、普段通りの淡々とした調子だ。

これではまるで、元々こうすることを決めていたかのようなわざとらしさを感じてしまう。

「我慢ができなくなったって……。まだ学校の近くだし、他の生徒もいるんだぞ？ さすがに目立っているというか……」

まだ周囲には他の生徒の姿もあり、大声を出したことで注目を浴びてしまっていた。

「目立っているのは主に、蒼汰が大声を上げたせい」

「そ、そうかもしれないけど！ でもそれは……」

「それは？」

おっぱいが当たっているからだよ、とは公衆の面前で言えるはずもなく。

仕方がないので腕を組んだまま早歩きして、河川敷《かせんじき》の辺りまでやってきた。

この辺りまで来れば、同じ学校の生徒の姿はほとんどなくなる。

「……さて、そろそろワケを説明してもらおうか」

「もう説明したけど？　それに、これぐらいのスキンシップなら今までにもあったはず」

「そりゃあ、子供の頃にはな！　でも、昔とはいろいろ違うだろ」

「おっぱいのサイズとか？」

「そうだよ！　ちょっとお前デカくなりすぎなんだよッ！　じつは今も俺の腕にめちゃくちゃ当たってるんだからな⁉」

「フッ、大丈夫。わざと当てているから」

「全然大丈夫じゃないんだが⁉　俺は幼馴染《おさななじみ》をそんな子に育てた覚えはねぇ⁉」

乃愛にはしたり顔で言い切られたが、これには蒼汰もびっくりである。

まさかとは思うが、この乳当ても『トモダチのため』で『ギャップ』の一環なのだろうか。

「そんなに言うなら、ひとまず離れることにする」

乃愛はむすっとしながら離れていき、蒼汰の腕にあったはずの温《ぬく》もりがなくなる。

内心ではとても残念に思いながら、蒼汰は顔を引き締めて向き直った。

「あのな、これは俺の言ったギャップとは少し違うと思うんだ」

「どう違うの？」

「どう違うって……そりゃあ、さりげなさが足りないというか」

「ん？」

乃愛が訝《いぶか》しむような目つきで見つめてくる。

強い視線に耐えきれず、蒼汰は目を逸《そ》らしながらも説明を続ける。

「もうちょっと控えめでもいいというかだな、こう、時と場所は弁《わきま》えるべきだと思うんだよ」

「てっきり『えっちなことはダメ』って言うのかと思ったけど、違うの？」

「……完全にダメってわけじゃない」

「じぃーっ」

「そんな目で見るなよ！　しょうがないだろ、多少はグッとくるものがあったんだから！　俺だって健全な男子高校生なんだよ……っ」

誰に言い訳をしているのかわからなくなったが、蒼汰は嘆くように訴えかけた。

すると、乃愛はニヤリと不敵な笑みを浮かべてみせる。

「なるほど、言いたいことは理解した。つまり、直接的なスキンシップばかりでは芸がないということね」

「いや、ん？　なんか違うような……」

「皆まで言わずともいい。趣向を凝らすのは必要だったかもしれない」

「だからそうじゃなくて！　……というか、どうして乃愛がここまでするんだよ？　トモダチのためとか抜きにしても、ちょっと頑張りすぎだぞ？」

このままではよからぬ方にエスカレートしそうなので尋ねると、乃愛は俯《うつむ》きがちに答える。

「こうでもしないと、蒼汰は私のことを女の子として見てくれないから」

「えっ……」

その言葉は、蒼汰にとって予想外のものだった。

けれど、これは乃愛が長年抱え続けてきた悩みなのかもしれない。

確かに蒼汰は乃愛を異性である前に、大切な『幼馴染《おさななじみ》』として——もっと言えば家族同然の存在として扱うことを優先してきた。

それが彼女にとって枷《かせ》となっていたのであれば、蒼汰にだって責任はあるだろう。

加えて、わかってはいたつもりだが、ここまで言わせれば確信してしまう。

(やっぱり乃愛のやつ、俺のことが……)

でも、ここで蒼汰が自身の気持ちを打ち明けるのは違う気がした。

何よりも、蒼汰にはその覚悟がまだできていなかった。

ゆえに、せめてもの気持ちで告げる。

「こ、ここまでしなくたって、乃愛が女の子だってことは十分わかっているつもりだ。でも、そのことで不満を感じさせていたなら謝るよ、悪かった。この際ちゃんと言っておくと、乃愛は俺にとってしっかり女の子だぞ！　それだけは間違いない——って、俺は幼馴染《おさななじみ》相手に何を言ってるんだ⁉」

言い切る前に恥ずかしくなって、自分でツッコミを入れてしまった。

すると、乃愛は嬉《うれ》しそうに微笑《ほほえ》んで。

「うん、ならいい。私が女の子として見られないと、トモダチのために動いても効果がわかりづらかったから」

「お、おう」

やはりこれまでの行動はトモダチのためだったようで、乃愛がそう言うのも納得である。

でも理由はどうあれ、乃愛が蒼汰から異性として見られたいと思うその気持ちは、蒼汰にとっては嬉《うれ》しいものだった。

互いの思いをぶつけ合ったからか、その後の帰り道はどこか和やかな雰囲気が漂っていて。

いつもの分かれ道に着くと、蒼汰と乃愛は笑い合う。

「それじゃ、また明日」

「うん、また明日。──バイバイ」

小さく手を振って、乃愛はひょこひょこと軽い足取りで帰っていく。

その背を見送ってから、蒼汰も歩き出す。

（じつは、乃愛から告白されるのも秒読みだったりして……なんてな）

などと蒼汰は浮かれ気分になりながら、夕焼け空を見上げる。

もしも告白された場合、自分はどう答えるのか……その想像はできそうになくて。

でもなんとなく、そのときが来れば自然と素直に答えられるような気がした。

◇

翌朝は、平和なものだった。

乃愛が過度なスキンシップやアプローチをしてこなかったからだ。

蒼汰からすれば少々物足りないような気もしたが、元の距離感に戻ったと思えば、居心地は良かった。

ちなみに現在、下校時のイチャイチャのせいで一部の間では『とうとうあの幼馴染《おさななじみ》コンビがくっついたか？』と話題になっていたが、付き合っていないことを知るやちよなどによってその噂《うわさ》は否定され、周囲からは様子見をされているような状態である。

つまりはいつも通りの状況で、乃愛が次に動き出すのを待つような形になっていた。

嵐の前の静けさ、とでも言えばいいのだろうか。

——事態が動いたのは、そんなときだった。

「ん？　なんだこれ？」

四限の体育で持久走をこなした後、校庭から戻ってきた蒼汰が靴を履き替えようと下駄《げた》箱を開けたところで、何かが入っていることに気づく。

それは手紙だった。ハートのシールで封をされていて、差出人の名前は書かれていない。

「…………」

ごくり、と思わず生唾を飲み込む。緊張に手が震えるのがわかった。

何せ、どう見てもラブレターだ。漫画やアニメの中では見たことがあったが、まさか自分が受け取ることになるとは夢にも思っていなかったわけで。

周囲に他の生徒がいなくなるのを待ってから、おそるおそる中身を確認してみると、ピンク色の便箋に可愛《かわい》らしい丸文字が綴《つづ》られていた。

『大事な話があるので、昼休みに体育館裏まで来てください。待ってます』

……やはり間違いない、これはラブレターである。

「は、はは……」

蒼汰は変な笑いをこぼしてしまう。周りに誰もいなかったのは幸いである。

差出人の名前は、やはり便箋にも綴《つづ》られていない。

だがしかし、蒼汰の中では相手の目星がついていた。

――藤白乃愛。

幼馴染《おさななじみ》である彼女こそが、このラブレターの差出人だろうと確信してしまったのだ。

（――ついにこのときが来たか！）

内心でそう思うなり、自然とガッツポーズを決める。

だが、こういうときこそ冷静になるべきだ。冷静に、冷静に……――

「って、なれるかぁ〜〜〜ッ！」

つい大声で叫んでしまった。

乃愛に告白をされると思っただけで、心が打ち震えていたからだ。

けれど、叫んだことで少しだけ冷静さを取り戻した。

同時に、二人の関係性が変わることを予感する。

どちらかが告白すれば、結果がどうであれ、今の関係ではいられない。――ここ数日の間に幾度となく考えさせられてきたが、今がもっとも強く実感していた。

不安がないと言えば嘘《うそ》になる。だが、それと同じくらいに昂《たかぶ》ってもいた。

――キーンコーンカーンコーン……。

と、ここで昼休みの始まりを告げるチャイムが鳴る。

相手を待たせるのは悪いし、臆してばかりもいられない。

まずは更衣室に向かって着替えを済ませた後、教室には戻らずに体育館裏へと直行する。もしも教室で乃愛と顔を合わせたら気まずいし、あちらだってそれは同じはずだからだ。

女子の方も体育の後だから着替えに時間がかかるだろうし、おそらくはこちらが待つことになるだろうと思いつつ、自然と早足になる。

期待と緊張を胸に、蒼汰は約束の体育館裏へと到着し――

「っ⁉」

まず驚いた。先客がいたのだ。

しかも、そこにいたのは乃愛じゃなかった。

栗色《くりいろ》の髪をサイドテールにした派手めな女子生徒。リボンの色からして一年生のようだ。

彼女と面識はない……と思う。新入生なわけだし、初対面のはずである。

もしや、手紙とは無関係の相手とたまたまバッティングしたのでは──と思ったが、こちらに気づいた彼女がパァッと顔を華やがせたのを見て、その可能性は消え去った。

「瀬高センパイッ、どうもです！」

彼女は元気に手を振りながら近づいてくる。

名前を知られていることに蒼汰が驚いていると、相手の女子生徒は改まって言う。

「一年の夏井《なつい》茜《あかね》といいますっ。今日はいきなりお呼び立てしてすみません！」

やはり手紙の差出人は彼女──茜で間違いないようだ。

蒼汰自身、こういう派手なタイプの女子と話す機会は少ないので、後輩相手とわかっていても緊張してしまう。

「えっと、どうも初めまして。二年の瀬高蒼汰です」

「あ、はいっ、知ってます！」

あちらも緊張しているのが伝わってくる。

この状況に軽くパニックを起こした蒼汰は、『告白を日和った乃愛が代役を寄こしたのか？』なんて考えたが、ひとまず雑念を振り払う。全ては、どうせこれからわかることだからだ。

互いに自己紹介を済ませたからか、茜は急に真剣な顔つきになる。

「それで、あの、さっそく本題なんですけど……」

「ああ、うん……」

二人の間の緊張感が高まる。

そこで茜はずいっと距離を詰めてきたかと思うと、

「──あなたのことが好きになっちゃいました！　よければあたしと付き合ってください！」

伝えてきたのは、そんな直球の告白。

人生初の告白をされて、蒼汰は激しく動揺していた。

なぜ俺を好きに？　とか、初対面なのにきっかけは？　といった疑問は多々浮かんだ。

けれど、まず真っ先に思ったのは──

（──まさか乃愛のやつ、本当にトモダチの話だったのかよ⁉）

その一点だった。

乃愛の話に出たトモダチの条件——それは、『蒼汰を好き』だということ。

これほど稀有な条件を満たす女子が乃愛以外に現れたのだから、『トモダチ＝茜』で間違いないだろうと、このときの蒼汰は考えていた。

パキッ。

唐突に後方から枝の折れるような音がしたことで、考え込んでいた蒼汰は我に返る。

ひとまず今はいろいろ考えるよりも、茜の告白に対して向き合うべきだろうと思い直した。

自分のありのままの気持ちを込めて――

「ごめん、君とは付き合えない」

蒼汰が返事を告げると、茜は「はい……」と消え入りそうな声で反応する。

それから茜は視線を真《ま》っ直《す》ぐに向けてきて、

「理由を聞いてもいいですか？」

そう尋ねられて、蒼汰は少し考えてから気持ちを伝える。

「大事にしたい相手がいるから、かな」

「……そうですか、わかりました。えっと、今日はありがとうございました！」

最後はからげんきで笑顔を作ってから、茜は一礼をして去っていく。

その背中を見送りながら、蒼汰は罪悪感にも似た感情が胸に生まれるのを感じていた。

「はぁ……最低だな、俺」

後悔にも似た独り言をぐちる。せっかく茜が想《おも》いを伝えてくれたというのに、頭の中は別の相手のことで占められていたからだ。

こういうときには誠実に対応するべきだとわかっていても、どうしてもできなかった。

蒼汰の頭の中は、今も『乃愛』のことでいっぱいである。

「トモダチ、ねぇ……」

これまでトモダチなんてものは方便で、好意を伝えられない乃愛が作り出した架空の存在だと決めつけていたが、茜の告白によってその前提が瓦解《がかい》したわけだ。

茜が乃愛と面識があるのかどうかはわからないが、最も重要なのはそこじゃなくて。

蒼汰に対して好意を抱く相手が現れた。その相手は乃愛じゃない。

つまりそれは、乃愛が蒼汰に好意を抱いているとは限らないことを意味する。

よって、蒼汰と乃愛の関係は振り出しに戻ったようなものだった。

「あー、これからどうすっかなー」

昼下がりの空を見上げながらぼやく。

乃愛のことは好きだ。

でも、乃愛が蒼汰を異性として好きではない以上、やはりこの気持ちを表に出そうとは思わない。乃愛と一緒にいることが、蒼汰にとっては重要なことだからだ。

ここで考えていても仕方がないし、難しいことは二の次にして教室へ戻ろうと思ったとき、スマホが新着メッセを通知する。

差出人は乃愛だった。

『またトモダチの話があるから聞いてほしい』

一方的な短文を見て、蒼汰は苦笑してしまう。

なんとなくだが、乃愛はまだトモダチが――茜が告白して振られたことを知らないんだろうなと、このとき蒼汰は思った。

トモダチが――茜が振られたことを知ったとき、乃愛はどう行動するのか。

はっきり言って未知数だ。

多分、予想するだけ無駄なんだろう。

「ともあれ、腹が減ってはなんとやら。まずは昼飯だな」

ひとまず乃愛宛てに『話を聞くだけならいくらでも。協力するかは聞いてから考えるよ』と返信して、蒼汰は歩き出す。

乃愛とのやりとりがあったからか、不思議とその足取りは軽い気がした。

[KOIBANA]
KORE wa
TOMODACHI no
HANASHI
NANDA KEDO

[CHARACTER]

藤白《ふじしろ》 乃愛《のあ》

［性別］女
［学年］高校二年生
［身長］152センチ
［好きなもの］
猫・漫画・ゲーム

クールで素っ気ない黒髪美少女。幼馴染の蒼汰にだけは心を許している。校内には密かなファンが多い。

TOZUKA RIKU
&SHIROMIKAN
PRESENTS

【恋バナ】

これはトモダチの話なんだけど

[KOIBANA] KORE wa TOMODACHI no HANASHI NANDA KEDO

～すぐ真っ赤になる幼馴染の大好きアピールが止まらない～

戸塚陸
［イラスト］白蜜柑

第二章　【デート】可愛《かわい》いあの子と急接近してドキドキ大作戦

――――時は遡り、蒼汰《そうた》が茜《あかね》から告白される少し前。

乃愛《のあ》は体育の授業を終え、更衣室に向かう途中で蒼汰の姿を見かけていた。

見るからにそわそわしながら、早足で体育館の方へと向かっていく蒼汰。

明らかにアヤシイ匂いを感じ取った乃愛は、その後を追った。

「――あなたのことが好きになっちゃいました！　よければあたしと付き合ってください！」

そして、目撃してしまう――蒼汰が『見知らぬ女子』から告白される光景を。

（あの女は誰⁉　蒼汰とは一体どういう関係⁉　というか、今告白した……？）

この衝撃的なイベントを前にして、乃愛は激しく動揺していた。

パキッ。

と、そこで乃愛は足元に転がっていた木の枝を踏み折ってしまう。

柱の陰から遠目に見ていた蒼汰の背中がビクッと反応したことで、我に返った乃愛は慌ててその場から離れた。

逃げるように、まるで見聞きしたくない現実から逃避しているかのように走り続ける。

「ハア、ハア……ッ」

体育のときにはいつも手を抜いてばかりなので、乃愛が全力疾走をしたのは久しぶりだ。

更衣室の辺りまで走ったところで足を止め、息を切らせながら壁にもたれかかる。

「あ……告白の返事、聞き忘れた」

つい逃げるのに必死すぎて、肝心なことを聞き逃してしまった。

あのとき、どうして逃げてしまったのだろうか。

盗み聞きをしているのがバレたくなかった、という理由だけでは弱い気がした。

……いや、答えはわかりきっている。

「蒼汰が誰かと付き合う瞬間なんて、見たくなかったから。だって、私は蒼汰のことが……」

――好きだから。

乃愛はもうずっと前から蒼汰に恋をしていた。

明確なきっかけがあったわけじゃない。物心がついたときから好きになってしまっていた。

ゆえに、蒼汰に恋人ができる瞬間など目にしたくなかったのだ。

でも結果は気になるので、メッセで尋ねてみようかと思った直後、重大なことに気づいた。

(しまった！　トモダチの話が本当になっちゃった！)

以前に乃愛から蒼汰へ告げた、『トモダチの話』。

あれは乃愛が苦し紛れに発したもので、実際にはトモダチなどという相手は存在しない。

本当は蒼汰を呼び出した勢いで告白——とまではいかずとも、大々的にアプローチを仕掛けたり、恋バナをして乃愛も女の子だと意識させることが目的だったというのに、ついテンパったせいで『トモダチの話』などと口走ってしまったのだ。

当初はそれでも『トモダチ』という存在を隠れ蓑《かくみの》にして、蒼汰との仲を進展させるのもアリだと思い直した。

正攻法でぶつかるのではなく、あくまでトモダチに協力しているフリをしながら情報収集をしたり、積極的なアプローチをかけたりして、蒼汰を自分に惚《ほ》れさせせようという魂胆である。

普段は素直になれない乃愛でも『トモダチのため』を理由にすれば、蒼汰と合法的にイチャイチャできるというのもプラスポイントだった。

……はずだったのだが、今回はそれが仇《あだ》となった形である。

「まさかこんなことになるなんて。相手の女子、名前は夏井茜とか言ったっけ」

今回、茜が蒼汰に告白したことで、蒼汰の中では『トモダチ＝茜』となっただろう。

つまり蒼汰の中では、乃愛が茜の恋路を応援していることになる。せっかくトモダチという第三者の姿が見えないからこそ、乃愛がアプローチをかけることで好意を向けてもらいやすかったものを、具体的なトモダチ像が現れるのは大変望ましくなかった。

「やはり、蒼汰にも華のセブンティーンは適用されたということ？　これがモテ期……」

世間一般からすれば、十七歳の年——高校二年生は『華のセブンティーン』と言って、青春真っ盛り、最も恋愛が盛んになる年だという。

そして乃愛が動き出したきっかけも、先日の恋バナに出た『華のセブンティーン』という単語だった。

これまで乃愛は、蒼汰との関係を急いで変える必要はないと思っていた。今の関係でも十分に居心地がよく、満足していたし、時が来ればいずれ恋仲になると考えていたからである。

だが、この春に乃愛も蒼汰も高二になり、教室で恋バナを耳にしたことで、蒼汰が今年中に他の誰かと付き合ってしまうかもしれないという焦燥感に駆られ、乃愛は行動した。

よくよく考えれば、茜の後手にならずに動き出せてよかったとも言えるだろう。

「クラスの女子は意外と侮《あなど》れない。今後は情報網としてチェックしておくべきかも」

女子高生の語る恋バナも捨てたものではないと、このとき乃愛は感心していた。

ちなみに周囲は乃愛を恋愛に無関心だと思っているが、そんなことはない。むしろ真逆だ。

実際の乃愛は他人に無関心――というよりかは、蒼汰にしか興味がないだけだった。

「……蒼汰にメッセを送らないと」

ともあれ、今頃あちらではカップルが成立している可能性もあるのだ。

乃愛は更衣室に入り、制服の中からスマホを取り出した。

ここで乃愛は頭脳をフル回転させ、遠回しに、かつ告白の結果がわかりやすい内容を導き出し――

「送信、と」

ポチッと、『またトモダチの話があるから聞いてほしい』という一文を送信した。

これでカップルが成立していれば蒼汰は断ってくるだろうし、成立していない場合は次の布石になるはずだ。

ドキドキドキ……。

うるさいくらいに鼓動を高鳴らせながら、待つこと数分。

──ブーッ。

蒼汰からの返信が届き、乃愛がすぐさま確認すると『話を聞くだけならいくらでも。協力するかは聞いてから考えるよ』と綴《つづ》られていた。内容的に、ひとまずカップルが成立したということはなさそうである。

「………よかったぁ」

乃愛はホッと安堵《あんど》するとともに、思わず笑みをこぼしてしまう。

周囲に誰かがいれば、きっと驚くぐらいに嬉《うれ》しそうな笑顔だった。

「さて、そろそろ着替えないと」

乃愛は体操服から制服に着替え始め、同時に今後やることを頭の中で整理する。

まずは蒼汰に『トモダチ＝茜』という構図が間違いであると気づかせて、その上でこれまで以上のアプローチに繋《つな》げるのがベストだろう。

具体的にやることは、『トモダチのため』と言い張りながら、蒼汰と話して決めるのもいいかもしれない。

何をするにも、蒼汰が理想だと思う女の子やシチュエーションに近づけた方が、より惚《ほ》れてもらえる可能性が高まるはずだからだ。

乃愛は一人で静かに着替えながら、粛々と蒼汰をオトす算段を立てるのだった――。

◆　◆　◆

蒼汰が人生初の告白をされてから、数日が経《た》った。

あれから乃愛は特別な動きを見せない代わりに、こちらを観察するような視線を向けてくることが多くなった。

自分からはトモダチのことを話題に出してこないし、茜のことに言及してくる様子もない。

どうしたものかと思っていた金曜日の放課後。

下校途中の河川敷《かせんじき》にて、乃愛が唐突に口火を切った。

「トモダチから聞かれたんだけど、蒼汰ってデートするなら屋内がいい？　それとも屋外？」

「へ……？　い、いきなりなんだよ」

久々にトモダチの話をされたかと思えば、いきなり『デート』なんて単語が飛び出したからびっくりしてしまう。

戸惑う蒼汰を見てか、乃愛は補足をするように言う。

「私はデートというものをしたことがないから、トモダチにも上手《うま》いアドバイスができなくて。——つまりは、蒼汰の協力が必要不可欠」

どういう経緯でトモダチとそういう話になったかは知らないが、ここまで言われたら答えるしかない。それにやっぱり、乃愛から頼られるのは悪い気がしないわけで。

「えっと、どちらかと言えば屋内かな。というか、屋外デートってもののイメージがない」

「なるほど。それなら日曜日、映画を観に行かない？」

あまりにも直球で誘われたことで、蒼汰は呆気《あっけ》に取《と》られてしまう。

というか、経験不足でアドバイスができないと言う割には、やけにすんなり『映画』という単語が出てきた。自分でリサーチしたのか、あるいはトモダチから伝え聞いたのだろうか。

「蒼汰？」

「ああ、えっと、念のために確認だけど、この流れで誘うってことは……」

「映画デート。蒼汰は言わせたがり？」

きょとんとしながら言われて、蒼汰の顔は急激に熱くなる。

「いや、その、ごめん。あまりに直球で誘われたから照れただけだ。——もちろん良《い》いけど、観《み》るものは決まってるのか？」

「そこは当然、恋愛映画を観《み》るのが鉄則」

「えぇー、恋愛映画か」

「休日に男女で観《み》る映画と言ったらそれしかないはず」

「いや、いつも俺たちが観《み》てるのはSFファンタジーじゃないか」

「蒼汰はいちいち細かい。物事にはセオリーがあるもの」

「なんだろう、乃愛にだけはそういう一般論を解かれたくないんだが」

「そして失礼。これだと先が思いやられる」

なんて言いながら、乃愛の耳が赤くなっているのを見逃していない。

いくらトモダチのためとはいえ、デートのお誘いをするのは恥ずかしかったらしい。

(でも乃愛のやつ、夏井さんからは何も聞いてないのか？　それとも、夏井さんはまだ諦めていないとか？)

あのとき蒼汰は、茜の告白をしっかり断ったはずだが……女子の考えることは基本的にわからないし、リベンジの可能性もあるのかもしれないと思った。

だから蒼汰は念のために探りを入れておくことにする。

「このデートも、やっぱりトモダチのためなのか？」

「もちろんそう。今度のデートはプランから何まで全ての経験がトモダチに還元される。観《み》る予定の映画だって、トモダチがオススメしてくれたもの」

なんだろう、違和感がある。

そもそも乃愛が友人の恋路に協力するというのもピンとこないが、もっと感覚的な話だ。最初に映画を提案してきたときもそうだが、乃愛はあらかじめ話す内容を決めていたような、そんな気がしていた。

とはいえ、蒼汰の考えすぎかもしれないし、そこをいちいち尋ねたりはしないつもりだ。代わりと言ってはなんだが、蒼汰は今回のデートでトモダチの正体がはっきりすればいいなと考えていた。

トモダチ＝茜なのか、それとも他にいるのか。

あるいは、乃愛自身のことなのか。

今の蒼汰の中では、十中八九で茜がトモダチという説が最有力なわけだが。

「まあ、なんでもいいけどさ」

なんて答えながら、内心ではヤキモキしているのだった。

デート前日の夜、乃愛からメッセが届いた。

『トモダチと服の話になったんだけど、蒼汰はガーリーな服と清楚《せいそ》系の服なら、どっちの方が好み？』

明日着ていく服のチョイスで困っているのだろうか。

自室で寝転がっていた蒼汰は本題よりも、乃愛が以前より『トモダチ』を話題に絡《から》めてきているこことの方が気になってしまう。

「というか、ガーリーな服ってどんな感じだ？　さっぱりわからん」

一応、画像検索をしてみたものの、清楚《せいそ》系の服との差がわからなかった。どちらも白系統のワンピースが出てくるばかりで、時折ピンク色もまざっているくらいだ。

なので、『どっちもいいと思うぞ、着る人の好きな方で』という文面を送る。

このメッセを送ったとき、蒼汰はドヤ顔だった。

なぜなら、『どっちもいい』と『どっちでもいい』は違うからだ。この場合、ちゃんと『どっちもいい』と伝えることで、服に興味がないわけじゃないことをアピールしつつ、しっかりと褒めるという、蒼汰なりの気遣いを含めた高等技術を使ったつもりである。

「俺だって、だてに告白された経験があるわけじゃないんだぜ？　――お、返信がきた」

デート前だからか、蒼汰は少々浮かれた気分でスマホを確認したのだが、

『優柔不断。どっちか選んで』

「かぁ～っ！　女心ってわかんねぇっ！」

やっぱり慣れないことはするものじゃないと痛感させられる。

なのでここは大人しく『清楚《せいそ》系の方が俺は好みです』と送ることにした。

「でも、デートか」

天井を見上げながらふと思う。

今までだって何度も乃愛とは遊んでいるし、それこそ映画にだって行くことはあった。

だから二人で出かけることぐらい、今さらなんてことはないはずなのだが、やっぱり意識してしまう。

「それもこれも、トモダチの話があるおかげなんだよな」

もしもトモダチの正体をはっきりさせることで、今みたいな時間が終わるとするならば。

乃愛とするのは『デート』ではなく、以前のようにただの『遊び』に戻るのであれば、トモダチの正体は判明させない方がいいんじゃないだろうか。

そんな風に考えてしまう。よくない考えである。

——ブーッ。

乃愛からの返信がきた。

『お楽しみに』

たったこの一文だけで、乃愛も少なからず浮かれているのが伝わってくる。

確かに蒼汰は細かいことを考えすぎかもしれない。

今はただ、明日のデートを楽しむことだけ考えようと、蒼汰は思い直して備えるのだった。

◇

デート当日。

集合は午後一時に駅前。蒼汰は予定時刻の三十分前には到着済みだ。

この日の服装は、白いシャツにベージュのチノパンを合わせた無難なコーデ。ファッションについては初心者だからこそ、なるべく普通にいこうと考えた。

「デート、なんだもんな。俺と乃愛が。ひと月前の俺が聞いたらびっくりするぞ」

待ち合わせ場所でスマホを確認しながら、そわそわする自分がちょっとおかしい。

約束した時間の五分前になった頃、

「おまたせ」

後ろから声をかけられて振り返った蒼汰は、思わず目を奪われていた。

立っていたのは、純白のワンピースに身を包んだ乃愛だ。

長い黒髪をハーフアップにまとめ、風に靡《なび》かせながら押さえる仕草は様になっている。

深窓の令嬢然とした清楚《せいそ》な佇《たたず》まいを前にして、蒼汰の鼓動は早鐘のように高鳴ってしまう。

「…………」

言葉を失う蒼汰を見て、乃愛は不思議そうに小首を傾《かし》げる。

「……ふぅ。そのぶっきらぼうな物言いで、ようやく目の前にいるのが俺の幼馴染《おさななじみ》だって現実を受け入れられたぜ」

「デートだからオシャレしたまで。効果はバツグンのようで何より」

憎まれ口でごまかそうと思ったが、あちらには見惚《みと》れていたことも含めてお見通しらしい。

予想はしていたことだが、昨夜のメッセで蒼汰が答えた通りの清楚《せいそ》なコーディネートでまとめてくれたことが、素直に嬉《うれ》しかった。

にしても、清楚《せいそ》な美少女がこの口調で話すのは些《いささ》か不釣り合いのように感じる。そこはなんとかならないのだろうか。

「なぁ、せっかくなら口調もお淑《しと》やかにならないか？」

「やだ、ならない」

「オーケー、なら無口キャラでいこう」

「そんなことより、デートのためにばっちりキメてきた女の子に言うことがあるはず」

「……めちゃくちゃ可愛《かわい》いです」

「――ッ！　……ありがと」

顔を真っ赤にしてもじもじする乃愛。

しおらしいその姿はあまりにも可愛《かわい》すぎて、蒼汰はもう最初からクライマックスの気分だっ
「蒼汰、眠いの？」

た。

「そ、それじゃあ、行きますか……」

蒼汰がぎこちなく言うと、乃愛はこくりと頷《うなず》いてみせる。

それから二人は無言のまま電車に乗って、十分ほど揺られてから都心の駅に降りた。

休日だからか、やけに人でごった返している。

はぐれるのもよくないかと思い、蒼汰はおもむろに乃愛の手を握った。

「──ッ⁉」

「きょ、今日はデートなんだろ。なら、これぐらいはしてもいいはずだ」

「こ、これが、蒼汰の理想のデート？」

「ん？　どういうことだ？」

「トモダチが言っていた、デートには雰囲気作りが大事であると。そして蒼汰は積極的に行動してきているから、こういう距離感の近いデートがしたいのかと思って」

「雰囲気作り、ね……。そこまで深いことは考えてなかったけど、どうせなら互いを思いやれるデートになるといいよな」

「ふむ、まさか蒼汰がこれほどまでに清楚《せいそ》系女子に飢えていたとは」

「こっちの話聞いてたか⁉　照れ隠しでそういうことを言っても離さないからな？　実際、手を離したら迷子になりそうだし」

「あぁうるさいな!? 本気で嫌ならそう言ってくれよ!?」

「手汗がすごい」

「…………」

「そこで黙られると困るんだけどな……」

とはいえ、世間一般で言う恋人繋《つな》ぎではない。

あくまで普通に手を繋《つな》ぎながら、並んで歩いているだけだ。

それでも、蒼汰にとってはこの前の腕組みよりも刺激的な気がして。

きっと顔を赤くしたままの乃愛も、同じように感じてくれているだろうと思った。


映画館に着くと、予想通り混雑していた。

乃愛のお目当てである純愛映画《アオハルを君と》の空席も残りわずかとなっている。

まもなく上映開始とのことで、チケットの他にポップコーンとドリンクを購入して席に着く。

休日ということもあって、館内はほぼ満員だ。見たところ蒼汰たちと同じ世代のカップルや女子高生の集団が多く目につき、周りからすれば自分たちもカップルに見えているんだろうかと蒼汰は考えてしまった。

そんなことを蒼汰が考えているうちに館内の照明が落とされ、映画《アオハルを君と》が始まった。

内容としてはオーソドックスな恋愛模様をひたすらイマドキっぽく描いているが、蒼汰からすればいまいち納得がいかないような描写が目についた。

でも、女の子にはこういうものがウケるのも理解できる。最近流行《はや》りのイケメン俳優に振り回されたいという願望があるなら、きっと満足できるのだろう。

物語も中盤に差し掛かったところで、友人の恋愛を応援するサブキャラクターが現れた。

（やっぱり、乃愛が誰かの恋愛に協力しているっていうのも違和感があるんだよな）

スクリーンをぼんやりと眺めながら、蒼汰はそんなことを思う。

そこでふと隣を見ると、

「「っ！」」

こちらをガン見していたらしい乃愛とばっちり目が合ってしまった。あまりにも予想外だったせいで、蒼汰は反射的に視線を逸《そ》らしてしまう。

しかもそのタイミングで、スクリーンに映る主人公とヒロインがキスをした。

はっきり言って、だいぶ気まずい状況だ。

「（ちゃ、ちゃんと集中しろよ）」

照れ隠しに蒼汰が小声で言うと、乃愛も合わせて小声で答える。

「（上映中に蒼汰の顔を観察するのも大事なこと。それと、飲み物がなくなったから蒼汰のやつをもらってもいい？）」

「(コーラでよければ、お好きにどうぞ)」

と、そこで再び気になって隣を見ると、

「〜〜〜っ」

凄《すご》い形相でコーラのストローを凝視して、何やら葛藤する乃愛の姿があった。

……なので、今のは見なかったことにしておいた。

――――。

そうして映画は二時間ほどで終了した。

この内容でよくこれだけ尺をもたせたなと蒼汰はズレた感心をしつつ、外に出る準備をする。

「微妙だった」

館内を出る直前に乃愛がぼそりと言ったのを、蒼汰は聞き逃さなかった。

映画館を出た後は、二人でカフェに入った。

といっても個人経営の店ではなく、学生客も多いような有名チェーン店だ。

蒼汰が映画デートの詳細をざっと調べた際に、鑑賞後はカフェなどで感想を話すと盛り上がると書いてあったので、いざ実践してみようと思ったのである。

ただ、肝心の映画が『微妙だった』となると、この選択が間違いだったような気もするが。

二人席に各々《おのおの》が頼んだキャラメルマキアート(乃愛)とホットココア(蒼汰)が並んだとこ

ろで、向かいに座る乃愛に映画の感想を求めると、

「微妙だった」

またそう言った。よほど微妙だったらしい。

「でも映画デートなら、マイナスな感想は言わない方が好印象らしいぞ」

「じゃあ、最高だった」

「ずいぶんと適当だな……ちゃんと集中して観《み》たのか？」

「序盤であまり合わないと思ったから、途中からは蒼汰の反応を見て楽しんでいた」

「ほんとに適当だな！　これだと映画の内容について話せないじゃないか！」

「ごめんなさい」

乃愛は口では謝っているものの、特段悪びれている様子はない。

ちなみに、あれで原作漫画は二百万人が胸キュンしたとのことだが、乃愛のお眼鏡には適《かな》わなかったようで残念だ。

「まあ、俺も正直微妙だとは思ったけどさ。ザ・少女漫画が原作って感じの恋愛模様で、なんか設定はコテコテの割に、内容はあっさりしすぎているっていうかさ」

「へー」

「というか、乃愛のトモダチとやらはどういう経緯でアレを勧めてきたんだ？」

「内緒」

「さいですか」

「……ただ、今流行《はや》りの恋愛映画だったから、蒼汰と見れば良い雰囲気になれるかもって」

そこで言葉を切られると、なんだか乃愛自身がそう考えたように聞こえてしまう。

だが、その可能性は低いはずだ。今のトモダチ最有力候補は何と言っても茜なのだから。

「まあ確かに、好きそうかもな」

茜の容姿を思い出しながら、蒼汰はなんとなしに言う。

すると、乃愛は訝《いぶか》しむような視線を向けてきた。

「どういうこと？」

「え、なにが？」

「誰があの映画を好きそうだと思ったの？」

「いや、その……なんとなく、クラスの女子とか？」

「じぃーっ」

まずい、これは明らかに疑われている。

何に気をつければいいのかはわからないが、とりあえずは話題を変えるべきだろう。

「えっと、目的の映画は観終《み》わったけど、これから何をするかとかは考えてあるのか？」

「特には」

「じゃあ、適当にぶらつくか」

「賛成」

よし、上手《うま》く話題を変えることができた――と蒼汰が思った直後、

「ところで、クラスの誰がさっきの恋愛映画を好きそうだと思ったの？　名前を教えて」

「あー、そういえばあの映画って、出ている女優はみんな可愛《かわい》かったよなー」

「露骨な話題逸《そ》らし……でもまあ、乗ってあげる。――蒼汰の好みはどれ？」

「えっと……一番はやっぱり、主演の子かな！」

黒髪ロングが似合う、今話題の若手女優だったはずだ。ＳＮＳなんかでも画像が流れてくることが多い。

「ふむ。蒼汰はてっきり、軽薄そうなギャル友達の子が好みかと思ったけど」

気のせいか、今の言葉には棘《とげ》があるように思えた。

そういえば、あの女優は髪色やメイクのせいもあってか、どことなく茜に雰囲気が近かったような……

「じぃーっ」

「ま、まあ、確かにあの女優さんも可愛《かわい》かったな！」

「やっぱり」

「でも、特別あの人のファンってわけでもないぞ？　いや、ほんとに」

あからさまにジト目を向けられて、蒼汰は居心地の悪さを覚える。

それからは日常的な話題を振ってみたものの、乃愛の態度は大して変わらず。

蒼汰はカップの中身を飲み干したところで、意識的に笑みを作って言う。

「もうお互い飲み終わったみたいだし、そろそろ出るか」

「べつにいいけど」

結局このカフェでは、映画の内容が微妙だと話題が逸《そ》れがちになる、ということを学んだのだった。


店の外に出ると、すでに日が暮れ始めていた。

映画を観終《み》わった辺りで夕方近くだったが、いつの間にか結構な時間が経《た》っていたらしい。

そのままぶらぶらと街中を歩き、雑貨屋や洋服屋を見て回る。

途中にあった露店でクレープなんかも食べていたら、あっという間に時間は過ぎた。

すっかり日も沈みきった頃、そろそろ帰ろうかと駅前に向かって歩き出したところで、

「あれー？　瀬高センパイじゃないですか」

つい最近聞いた覚えのある声が耳に届いて、蒼汰は反射的に視線を向ける。

「「あ」」

噂《うわさ》をすればなんとやら。そこにはやはり、茜の姿があった。他にも三人、茜の友達であろうギャルっぽい女子たちの姿がある。

だが、蒼汰が今最も気になっていたのは、隣にいる乃愛のリアクションだった。

何せ茜を見た際、一緒に『あ』と声を出したのだ。あれは知人を目にした反応だろう。

（やっぱり、夏井さんがトモダチなのか？）

仮に茜＝トモダチであり、乃愛が茜の告白を知っていて、なおもトモダチの正体を隠す理由があるとすれば……考えてみてもはっきりとしたことはわからないが、隠していることで蒼汰に茜の存在を意識させず、情報を聞き出すことができるところはメリットかもしれない。

などと蒼汰は考えながら乃愛の方を見遣《みや》るが、こちらに視線を向けてくることはなく。

「どもです、一年の夏井茜ですよ。覚えてます？」

茜はフランクな物言いで近づいてきて、そのまま目の前にやってくる。

以前とは違い、緊張した様子はない。どこか吹っ切れたような態度だった。

「ああ、もちろん覚えてるよ。夏井さんね」

「やだなー、茜でいいですよ？　その代わり〜、あたしも蒼汰センパイって呼んでもいいですか？」

「え、べつにいいけど……じゃあ、茜ちゃんで」

「やった〜！　蒼汰センパイと偶然会えるなんて、やっぱり休日は出歩くものですね〜」

これが陽キャのコミュ力というやつなのか、ほとんど面識のない後輩女子と名前呼びの関係になってしまった。

しかも、相手は一度告白を断った女子だ。今どきの女子高生は、告白の結果云々《うんぬん》などいちいち気にしないものなのだろうか。

「ところで蒼汰センパイ、デートのお邪魔しちゃいました？」

「いや、まあ……」

茜が少し気まずそうに乃愛の方を気にしているのがわかる。

てっきり、乃愛が威嚇でもしているのかと思ったが——

「………」

無表情。

だが、乃愛の纏《まと》う雰囲気は絶対零度のごとく凍《い》てついていて、上機嫌ではないことだけは確かだった。

「あ、ああ、紹介するよ。こっちは幼《おさな》馴染《じみ》の藤白乃愛」

「どもでーす、一年の夏井茜って言います」

「どうも」

「藤白センパイのことも知ってますよ？　うちの学校だと有名人ですし」

「そう」

んん？　と蒼汰の中に疑念が生まれていく。

二人の間に流れている空気はなんだか特殊だ。まるで竜虎が睨《にら》み合《あ》っているようであり、かといって表立っての闘争心は見せないように努めている感じ。

ギリギリの部分でお互いが踏み込まない絶妙な均衡を保っていたかに思われたが、

「ねぇ」

その均衡を破ったのは、意外にも乃愛の方で。

「私たち、どこかで会ったことある？」

「ギクッ」

今、茜は『ギクッ』と言わなかったか？

「この顔、どこかで見たことがあるような……それも最近じゃない」

「え、え～、知らないなぁ？　どこだろ？　あたしは藤白センパイと違って、校内の有名人とかでもないんだけどなぁ～」

ごまかし方が下手すぎて、どうにもかわいそうに思えてくるほどだ。

と、そこで助け舟を出すように、後方のギャル集団の一人が「茜～、早く行かないとカラオケ混んじゃうってば～」と声をかけてきた。

「いっけない、もう行かなきゃ！　でもその前に～、この間はありがとうございました！　蒼汰センパイとは連絡先って交換してなかったですよね？」

「うん、してないけど」

「じゃあしときましょ！　ついでってわけじゃないですけど、藤白センパイもよかったら登録させてください」

「いいけど」

乃愛は相変わらずの無表情でスマホを取り出し、茜との連絡先を交換した。

「それじゃ、また学校で〜！」

ひらひらと手を振りながら、茜は軽快な足取りで離れていった。

茜があちらと合流した後、遠くでキャッキャと騒ぐギャル集団が一度だけこちらを向き、再びキャッキャとし始める。……あれはきっと、話のネタを見つけて喜んでいるに違いない。

それはそれとして、先ほどまでの絡《から》みを見ている限り、茜が乃愛のトモダチという線については考え直す必要があると感じた。

少なくとも、二人は普段から連絡を取り合っているような仲には見えないというか、連絡先の交換もしていなかったみたいだ。

……いや、それらも全てトモダチの正体をカモフラージュするための作戦だとしたら、蒼汰には手に負えない気もするが。

「可愛《かわい》い子だった」

ぼそりと、呟《つぶや》くように乃愛が言う。

「まあ、そうだな」

「蒼汰はああいう子がタイプなの？」

「な、なんだよいきなり」

「元から知り合いだったみたいだし、日頃からちょっかいをかけているのかと思って」

「いや、まあ、ちょっといろいろあっただけだよ」

「意味深。それが『この間』ってやつ？」

「うっ……多分、おそらくは」

「ふーん」

「の、乃愛の方こそ、やけに食いついていたじゃないか」

「……ううん、今日が初対面のはず」

こっちもこっちで意味深というか、露骨に顔を背けている辺りが怪しい。

ただまあ、ここで問い詰めるのは藪蛇《やぶへび》というものだ。お互いにある程度のプライバシーは守るべきだろう。

本当は蒼汰の方から、茜に告白された件を話してもいいのかもしれないが、茜も自分からは言わなかったし、乃愛から変に後腐れ的な仲を疑われるのも望ましくないので、ひとまずはやめておくことにした。

「それじゃ、帰るか」

「うん」

二人で駅まで歩いてから、電車に乗る。

行きは無言でもワクワクしたというのに、帰りの電車内は静かなだけだった。それに不完全燃焼な感じがする。誰が悪いわけでもないのだが、水を差されたようなものだからだろうか。

このままデートが終わるというのは、なんとも歯切れの悪いものに思えてしまう。

そんなことを蒼汰が思っているうちに電車が最寄り駅に到着し、二人はホームに降りた。

隣を見ると、乃愛の横顔も沈んでいるように見えて。

「あのさ」

自然と声をかけていた。

「なに？」

顔を向けてきた乃愛に対して、蒼汰は少し気恥ずかしさを覚えながら言う。

「最後に、もうちょっとだけ遊んでいかないか？」

目的はどうあれ、せっかくの初デートだ。このまま終わるのは嫌だった。

すると、乃愛も同じ気持ちだったのか、勢いよく頷《うなず》いてみせる。

「いいけど、どこに行くの？」

「公園とかでもいいけど、せっかくだしゲーセンに行くか。最近行ってなかったしな」

「うん、行きたい」

乃愛の瞳にワクワクした感情が灯《とも》る。

それだけで蒼汰の気持ちも晴れやかになった。

「んじゃ、行きますか！　ばあちゃんに帰るのが遅くなる連絡だけは入れておけよ？」

「了解」

乃愛は祖母との二人暮らしをしていて、いつも夕飯時を過ぎるときには連絡を入れているのだ。

そういった諸々《もろもろ》の連絡を済ませてから、駅前にある馴染《なじ》みのゲームセンターに向かう。

一時期、放課後にゲームセンターへ寄るのが二人のブームになっていたことがあり、そのときはハマりすぎて時間もお金も容赦なく使ってしまったことから、近頃は控えていたのだ。

ちなみに蒼汰はゲーム全般があまり得意ではなく、乃愛の方はプロ級に上手《うま》かったりする。

これが逆だったなら、多分ゲーセンに寄るのがブームになったりはしなかっただろう。

「これぐらいあれば十分だろ」

ゲーセンに入るなり、数枚のお札を両替して小銭を作る。

機械音で騒がしい施設内の雰囲気がとても懐《なつ》かしい。

それに、自然と気持ちが昂《たかぶ》ってきた。

「フッ、どうやら久々に本気を出すときが来たらしい」

乃愛も同じ気持ちみたいだ。

最初は乃愛の希望で、シューティングゲームを始めることになった。選ぶのは協力モードではなく、タイムアタックモードだ。並び立ったプレイヤー同士で、どちらが早くエリアを攻略できるかを競うものである。

お互いに小銭を入れたところで、やる気に火が点《つ》いたらしい乃愛がつんつんと肩をつついてきて、

「ただ競うだけじゃつまらないから、賭けをしたい。勝った方が負けた方になんでも一つ質問することができるっていうのはどう？」

「べつにいいけど、乃愛は俺に聞きたいことがあるのか？」

「質問するのは勝ってから」

「はいはい」

今のも質問に入るのか……と思いつつ、蒼汰は銃型デバイスを構える。

そしてゲームスタート。この手のゲームは久々にプレイするが、思ったよりも以前の感覚が残っていて、蒼汰にしては順調に進んでいったのだが。

隣の乃愛は、手慣れた動きで華麗にデバイスを操り——

「——よし、クリア」

澄ました顔で宣言した通り、乃愛は圧倒的な早さでクリアしてしまった。まだ蒼汰はボスエリアにすら到達していないというのに、すごい格差である。

これには知らぬ間に集まっていたギャラリーも、「おぉ」とどよめきの声を上げていた。

そんな状況に意識を持っていかれたせいか、蒼汰はボス戦に入った直後にヘマをする。

「やべっ、しぬ――」

「こうした方がいい」

そこで乃愛が蒼汰の手を握ってきた。そのまま蒼汰の手を動かしながらデバイスを操作し、攻略方法を指南してくれる。

（手も柔らかいけど、胸も当たって――って、邪念は払え俺！　ボスにやられるぞ⁉）

柔らかくて小さな手に導かれるまま、蒼汰はなんとかボスを倒すことができたのだった。

「……ふぅ、ようやくクリアだ。さんきゅー乃愛、助かったよ」

「蒼汰のプレイは見ていて危なっかしい。でも、一緒にプレイできて楽しかった」

「だな、俺も楽しかったよ。にしても相変わらずチートだよな、乃愛のゲームスキルは」

「まあ、それほどでもある」

乃愛はアーケードゲーム全般も得意だが、ＦＰＳや家庭用のパーティーゲームまで、幅広いジャンルを網羅しているゲーマーだ。

顔や本名を伏せて公式大会に出場したこともあり、そのときは見事に優勝していたりする。

これは密《ひそ》かに乃愛のすごい特技だと蒼汰は思っていた。

ただ、気分によってムラがあり、蒼汰もときどき勝ててしまうのが面白いところで。

ちなみに、ソシャゲの類には手を出さないことにしているようで、なんでも課金要素は闇が深いからとのこと。そう思った経緯については、蒼汰も聞かないようにしている。

「よし、次だ次だ」

気持ちを切り替えるように蒼汰は言う。……先ほどのシューティングゲームはクリアできたものの、乃愛には敗北しているからだ。

この頃にはギャラリーも散っていて、蒼汰たちは次なる戦いに赴いたのだが――。

「蒼汰、一つ目の質問」

「なんだ？」

現在は格ゲーで対戦プレイの真っ最中。向かいに座る乃愛の顔は見えないが、どうせ筐体《きょうたい》の画面を食い入るように見つめているに違いない。

「俺の集中を途切れさせようったって、そうはいかないぞ」

蒼汰はタイミングよくボタンを押して得意のコンボ技を炸裂《さくれつ》させるが、見切られていたのか不発に終わる。

だが、勝負は思いのほか拮抗《きっこう》している。これはもしやと思ったのだが――

「茜とは、いつ仲良くなったの？」

「ぶふっ⁉」

直球の質問がきて、蒼汰の手元が狂う。

というか、いきなり名前呼びって……と、その隙を逃さないとばかりに乃愛のコンボが炸裂《さくれつ》し、蒼汰のキャラクターはＨＰバーが半分を割る。

「敗者には答える義務がある」

「それ、試合が終わってからじゃ駄目なのか？」

「ダメ。敗者に選択権はない」

「くぅ、勝ってから言うのは卑怯《ひきょう》だぞ……」

「はーやーくー」

「わかったよ！　……茜ちゃんとは今週ちょっと話す機会があって、それからだ」

「ふーん。なにを話したの？」

「質問は一つまでのはずだろ。深掘《ふかぼ》りするのは禁止……だっ！」

起死回生のアッパーカット――も不発に終わり、あえなく乃愛にKOされてしまう。

「あーっ、くそ！　また負けた！」

「フッ、正義は必ず勝つもの」

筐体《きょうたい》の横から顔を覗《のぞ》かせて、乃愛が満足そうに笑う。

「その笑い方、明らかに悪役のやつだろ。それと、勝負の最中に揺さぶりをかけるのもずるいぞ」

「負け犬の遠吠《とおぼ》えはいつ聞いても甘美なもの。――ちょっと喉が渇いたから休憩しよ」

乃愛が指差したベンチの隣には自動販売機があり、蒼汰はそこで二人分のジュースを買う。

「オレンジジュースでよかったか？」

先にベンチに座っていた乃愛にオレンジジュースの缶を差し出すと、乃愛は受け取ってから、

「さんくす、百二十円だよね」と言って鞄《かばん》を漁《あさ》り出す。

「これぐらいはいいって。一応、デート中だしな」

「……ありがと」

それから蒼汰も隣に座ってコーラを一口飲んだところで、

「蒼汰は今日のデート、楽しめた？　……これ、質問のカウント内でいい」

何やらモジモジしながら、乃愛は視線を向けずに言う。

これが二つ目の質問というのは意外だった。

てっきり茜との関係を深掘《ふかぼ》りされると思って身構えていたが、取り越し苦労だったようだ。

「ああ、楽しめたよ。久々にがっつり息抜きができた気がする」

「それならよかった。私も、今日はすごく楽しかったから」

乃愛は照れ笑いのような表情を浮かべていて、その横顔に釘付《くぎづ》けとなる。

「……あー、えっと、次はなにをしようか」

背中がむずむずするような、そんな甘酸《あまず》っぱい気持ちをごまかすように、蒼汰は話題を無理やりに変えた。

「次はあれがいい」

乃愛が指差したのはプリクラコーナーで、蒼汰は露骨に嫌そうな顔をする。

「……他のやつにしないか？」

「ダメ。あれはきっと、記念になるはず」

「そういうことなら撮りますか」

記念に写真が欲しいだけならスマホで撮影しても同じような気がしたが、乃愛にとっては違うのかもしれない。

プリクラの個室に入り、乃愛に操作を任せること数十秒。

カウントダウンの音声が聞こえてきたところで、乃愛がぐいっと腕を組んできた。それと同時に、腕に柔らかな感触が伝わってくる。

ごくり。

蒼汰が思わず生唾を飲んだところで、パシャリとシャッター音が鳴った。

「蒼汰、今鼻の下が伸びてた」

「伸びてない」

「伸びてた」

パシャリ、と言い合う間に二回目のシャッター音が鳴る。

それから何度かポージングを変えたりしているうちに、撮影は終わった。

続いてラクガキブースに移動したが、クラスの打ち上げなんかで撮ったときとは違い、こういう二人で撮った場合には何を書けばいいのかわからず困惑してしまう。

「こういうときって、なんて書けばいいんだ？　初デート記念とか？」

「そ、それいいかも。さっそく書く」

どうやらお気に召したらしい。乃愛は『初デート記念』という書き込みとともに、『フォーエバーラブ』と綴《つづ》られたピンク色のスタンプまで押していた。自分で提案しておいてなんだが、蒼汰としては恥ずかしいことこの上ない。

他にはアニマル柄のスタンプで埋め尽くしてみたり、互いの顔にちょび髭《ひげ》を付け足すようないたずらをしてみたり、思いきってハートマークで囲ってみたりもした。

そうして完成したプリントシールを確認してみると、なかなか良《い》い具合にデート感が出ている気がした。

「一枚目の蒼汰、やっぱり鼻の下が伸びてる」

言われてみると、確かに蒼汰の鼻の下は伸びていた。……というか、ひどい顔をしている。

「……乃愛が胸を当ててくるからだろ」

「えっち。興奮したんだ」

「男だから仕方ないんだって！　そりゃあ、胸に触れれば誰だって興奮するもんだ！」

「開き直った。べつにいいけど」

「逆に聞くけど、乃愛はいいのかよ？　俺なんかに胸を触らせて」

「問題ない。……まったく、これっぽっちも」

心なしか赤面している乃愛は、念を押すように言ってくる。

「そ、そうか」

「……ちょっと、お手洗いに行ってくる」

乃愛が席を外すと、残された蒼汰はざわついた気持ちを抱えながらため息をついた。

胸を触らせるのが問題ない、というのは本音だろうか？　それとも照れ隠し？　……蒼汰には確信が持てない。

ただ、トモダチ＝乃愛とは限らないこの状況では、先ほどのようなスキンシップを取ってくる意味合いも、二通りの可能性があるように思えた。

一つ目は、単にアプローチを仕掛けてきている場合。

もう一つは――幼馴染《おさななじみ》だからこそ、蒼汰を異性として見ていない場合だ。

（普通は、好きな相手にここまでグイグイ来ないよな……？）

そして、蒼汰は後者の可能性が高いと考えていた。

いつだったか、過度なスキンシップを控えるよう蒼汰が言ったことで、乃愛は年頃の男女らしい最低限の距離感を保つようになった。それまでは乃愛から抱きついてきたり、腕を組んで歩くこともザラだったのだ。

今はデートということもあり、その辺りの感覚が昔同様に緩くなっているのかもしれない。

そんなことを考えていたところで、乃愛が戻ってきた。

「ただいま」

「ああ、おかえり」

雑念を振り払って迎える蒼汰に対し、乃愛は普段通りの淡々とした口調で言う。

「ねぇ、次はクレーンゲームしよ。それで最後」

確かにいい頃合いだ。お腹《なか》も空いてきたし、ここは有終の美を飾りたいところ。

だが、クレーンゲームは蒼汰の苦手分野である。

「最後にまた難儀なものを選んだな……。景品に欲しい物でもあるのか？」

「アレがいい」

乃愛が指差したのは、騎士礼服を着込んだ黒猫のぬいぐるみだった。だいぶ奇抜なビジュアルをしているが、デモンブレイダーという対人格闘ゲームのマスコットキャラクターだったはずだ。たしか名前は……

「ブラック……なんだっけ」

「ニャラム三世。魔剣グラムを依《よ》り代《しろ》にした広報担当のマスコットキャラクターで、二つ名は《漆黒のニャラム》。実は竜さえも屠《ほふ》る実力派の貴族だから、ちゃんと覚えてあげないと失礼。ちなみに口癖は『吾輩《わがはい》はニャラム三世である』だから、これも覚えておくように」

オタク特有の早口でまくし立てるように告げてくる乃愛は、なぜだかドヤ顔である。

魔剣使い同士で戦うデモンブレイダーシリーズは乃愛が小学生の頃から好きで、昔はチョコウエハースに付いていたシールを集めたりもしたほどだ。その中でも乃愛はこのニャラム三世とやらが特にお気に入りだったのを思い出す。

「でもこのシリーズって、ちょっと前にソシャゲで失敗して以来、あんまり見なくなったような気がするんだよな。さっきもアーケードコーナーは空いてたし」

「失敗じゃない。あれはユーザーに見る目がなかっただけ」

「でも乃愛だって、リリース当初は『神ゲーだ』とか言ってたくせに、すぐにやらなくなっただろ。ソシャゲで手を出したのって、あれが唯一なんじゃないか？」

「……あのときは、たまたまタイミングが合わなかっただけ」

なんのタイミングだかは知らないが、とにかくダメだったというわけだ。乃愛の課金要素へのトラウマもこの件が関係していると蒼汰は踏んでいるが、深入りするつもりはない。

「んじゃまあ、いっちょ狙いますか」

「うん、期待してる」

そうして蒼汰は勇みぎみに挑んだものの、狙いはことごとく外れてしまう。端的に言って、取れる気配が微塵《みじん》もしなかった。

「フッ、ここはやはり私の出番らしい」

乃愛が申し出たことで、選手交代する。本当は蒼汰が取ってやりたかったが、このまま有り金をすっからかんにするよりかはマシだと思い、なけなしのプライドを捨てたのだ。

すると、乃愛は三百円ぶんのトライで入手してしまった。

「ニャラム三世、ゲットだぜ」

「うおっ、すごいな！　乃愛ってこういうのはほんとに得意だよな！」

蒼汰の立つ瀬はなかったが、純粋に感動してしまう。

やはり乃愛のゲーム適性はプロレベルである。クレーンゲームをそういうジャンルに当てはめてもいいのかはわからないが、とにかく常人のそれとは一線を画しているように思えた。

「このニャラム三世は蒼汰に進呈する。私と思って部屋に飾るといい」

「え、俺にくれるのか？　それ、乃愛にあげようと思ったんだけど」

「ううん、今日は蒼汰が付き合ってくれたデートだから。これは私からのささやかなお礼だと思ってほしい。むしろ、その子を私の代わりに愛《め》でてあげて」

「まあ、そういうことなら」

ここまで言われて断る理由もないので、家に持ち帰って有《あ》り難《がた》く飾らせてもらうとしよう。

「じゃあ帰ろ」

乃愛はあっさりと言ってから、すたすたと先を歩き始める。

「ああ、そうだな」

蒼汰もその後に続きながら、景品の入ったビニール袋を大事に抱えた。

そうして二人はゲームセンターを後にして、いつもの帰り道を並んで歩く。

月明かりがぼんやりと照らす中、頬を撫《な》でる夜風が気持ちいい。

「こんな時間に外を歩くのは久々だなー」

「うん。久々の夜遊びも乙なものだった」

「まあ、そこまで遅い時間じゃないけどな」

「蒼汰が遊び足りないって言うなら、私はもう少し付き合ってもいいけど？」

「いいって。ばあちゃんが心配するだろ」

「それはそうかも。大人しく帰る」

そんな会話を交わすうちに、河川敷《かせんじき》に差しかかる。当然だが、子供の姿は見当たらない。喧《けん》騒《そう》のない夜道は日中とは打って変わって、とにかく物静かだった。

「ねぇ、蒼汰」

「なんだ？」

「手は繋《つな》がないの？」

そういえば、映画館に入った辺りから繋《つな》がなくなっていた。

まあ、最初に手を繋《つな》いだのは人混みの中ではぐれないようにするためだったので、それも自然と言える。

だが、今の状況でわざわざ手を繋《つな》ぐというのは……なんというか、気恥ずかしい。

「べつに、今ははぐれる心配もないからな」

「けど、今もデート中のはず」

「まあそうなんだけどさ……」

いまいち踏み切れない蒼汰に対し、乃愛はじっと見つめながら言う。

「トモダチが言うには、デートは終わり良ければ全て良し、とのこと。つまりは終わりがよくなければ全て台無し」

「へぇ、結構言うことが辛辣だな……。ネットのデート特集にでも載っていそうな言葉だ」

まあ、茜だったら言いそうな気がしないでもないが。

「それで、手は繋《つな》がないの？」

乃愛が淡々と尋ねてくる。夜の暗さのせいで表情がはっきりとはわからないが、こちらを見つめていることだけは確かだ。

「やけにグイグイくるな。そんなに手を繋《つな》ぎたいのか？」

「台無し。マイナス五百点」

「まさかの減点方式⁉　というか、その得点制度は初めて知ったんだが⁉」

「………」

乃愛からの返答はなく、すんと黙り込んでしまう。

ここまでされたら、さすがにやらないわけにはいかない。

覚悟を決めて、蒼汰は乃愛の手を握った。

「…………」

互いの間に沈黙が生まれる。

今回はデート序盤のときとは違い、理由付けもなければ、大義名分も存在しない。

正真正銘、ただの『手繋《つな》ぎ』なのである。

と、そこで乃愛が指をもぞもぞと動かしたかと思えば――

「――ッ!?」

蒼汰はひたすら驚いていた。

なぜなら、今のこの状態は『恋人繋《つな》ぎ』というやつだからだ。

指と指が絡《から》み合《あ》い、互いの手の感触や温《ぬく》もりがさらに伝わるようだった。

何より、密着感がすごい。

意識するだけで、胸の辺りがうるさいくらいに高鳴ってしまう。

「…………」

そしてやっぱり、お互いに言葉を発せずにいる。

でも不思議なことに、今は手を繋《つな》いでいるだけで相手の感情が少し伝わってくる気がした。

戸惑い、照れや気恥ずかしさ、それらとは相反するはずの安心感……。

感じていることは、おおよそ同じらしい。

そのまま無言で歩き続けて、気がついたらいつもの分かれ道に着いていた。

「ここでバイバイする？」

一旦足を止めてから、乃愛が手を繋《つな》いだまま尋ねてくる。

「いや、家まで送らせてくれ。ばあちゃんにもそう言ったんだろ？」

「うん」

明確な基準は決まっていないが、帰るのが遅くなったときには乃愛を家まで送っていくというのが、二人の間の通例となっていた。

そうして歩いて十分もしないうちに、乃愛の家が見えてくる。

乃愛が祖母と二人で暮らす、二階建ての木造一軒家だ。元は乃愛の祖母が祖父と暮らしていた古い家屋で、大変に趣のある佇《たたず》まいをしている。

小窓からは明かりが漏れていて、味噌《みそ》の芳《こう》ばしい香りが漂ってきた。

そこで、乃愛がちらと視線を向けてきて、

「せっかくだし、寄ってく？　そしたらおばあちゃんも喜ぶ。ぜったいに夕飯をごちそうされるだろうけど」

「いや、うちも夕飯を作っているだろうし、今日は帰るよ」

「そう、わかった」

わかったと言いつつ、乃愛の方からは手を離そうとしない。

仕方がないので蒼汰の方から手を離すと、乃愛は名残惜しそうに自分の手のひらを見つめていた。

「それじゃ、また週明けにな」

「うん、今日はありがとう。またね」

今回は乃愛が見送ってくれるらしく、蒼汰は背を向けて歩き出す。

角を曲がる前に一度振り返ると、まだ軒下に立っていた乃愛が小さく手を振ってきたので、こちらも手を振り返した。

歩きながらふと、手元のぬいぐるみが入ったビニール袋に目を落とす。

「このままじゃいけないよな」

思わず独り言がこぼれる。

最初は蒼汰自身が気持ちに蓋をしていれば済んでいた。

それからは乃愛にトモダチの話をされ、両想《おも》いになれたと思った直後、茜から告白された。

だというのに、今日は乃愛とデートをした。……まさに現状はカオスである。

こうして考え直すきっかけは二つほど。

一つは、そもそも茜がトモダチなのかどうか怪しくなってきたから。

そしてもう一つは、実際に乃愛とデートをして、好きだという気持ちがより大きくなったからだ。

先ほど、帰《かえ》り際《ぎわ》に手を離したとき、乃愛が名残惜しそうに手のひらを見つめているときなんか、思わず抱きしめたくなったほどである。

他にも乃愛といると楽しいし、ドキドキするし、何より落ち着く。

刺激と安心感が共存するような、不思議な充足感を味わえるのである。これは幼《おさな》馴染《じみ》だからというのもあるだろうが、やっぱり特別な存在だと思えてならない。

けれど、肝心の乃愛はトモダチの恋路を応援しているはずで。

「この状況って、八方ふさがりというやつなんじゃ……？　もしくは、生殺しか」

こういうとき、誰かに相談できたりしたら気持ちが楽になるのだろうか。

でも、蒼汰にはそんな相手がいない。少なくとも、ぱっと思いつくような友人は誰一人としていなかった。

唯一、乃愛を除いては。

こういうときに頼りになるのは、いつだって乃愛だけで。けれど、今回はその乃愛本人が悩みの種なのだから、やはり八方ふさがりの気分に陥ってしまう。

これまでの蒼汰は、乃愛以外との交友関係は広く浅い状態をキープしてきた。

乃愛と帰ったり遊んだりする時間を作るためには、放課後を空けておく必要があるからだ。同様の理由で、部活動に所属することもなかった。

他人からすれば、蒼汰と乃愛の関係は、お互いが過度に依存しているように見えるだろう。

ただ、それでも構わなかった。

——乃愛が独りになるよりは、ずっと。

さて、相談するだけなら同性である必要もないし、ついでに言うと友人である必要もないわけだが、それでも相手が思い浮かばない自分に辟易《へきえき》しそうになる。

とはいえ、なんとか普段話すことのある相手を頭の中に思い浮かべてみるのだが、

「いくら恋愛に詳しそうだからって、さすがに茜ちゃんには聞けないしなぁ……。となると、くらっしー……はないな」

まさにお手上げ状態である。

これも他者との付き合いを二の次にしていた自分が悪いので、自業自得《じごうじとく》とも言えるわけだが。

と、悩みながら歩くうちに自宅に着いていた。

蒼汰の家は自分と両親の三人家族で、３ＬＤＫの一戸建て住宅である。普段から共働きの両親は忙しいせいでほとんど家にいないが、週末はその限りじゃない。

「ただいまー——って、そういえば言ってたな」

……はずなのだが、今日は両親が久々に揃《そろ》って外食をするとのことで、蒼汰のぶんの夕飯がテーブルの上にラップで包まれて置いてあった。

本当は蒼汰も誘われていたのだが、乃愛との約束があることを伝えると、両親からはそっちを優先するように言われたのだ。

蒼汰の両親もまた、祖母と二人暮らしである『乃愛の家の事情』を理解していた。

それゆえか、両親は基本的に乃愛が関わることに反対してこないし、良《い》い意味で蒼汰は放任してもらえている。

ひとまず蒼汰は夕飯を食べてからシャワーを浴びて、心地よい疲労感を味わいながら自室に戻った。

ビニール袋から景品であるニャラム三世のぬいぐるみを取り出し、ソファの上に座らせる。

そこでふと、スマホに新着のメッセが届いていることに気づく。

確認すると、差出人は乃愛だった。

『今日はデートをしてくれてありがと、すごく楽しかった。またいろいろと相談させてもらうからよろしく』

「相談、か……。いっそのこと、俺も乃愛に相談してみようかなぁ」

乃愛は蒼汰にとって一番の理解者だ。少なくとも、蒼汰はそう思っている。

だからこそ、このまま悩み続けるよりかはいいと思い、蒼汰は乃愛にメッセを返信する。

『明日、俺の方からも相談していいか？』――と。

すると、すぐさま乃愛から返信が届く。

『任せたまえ』

「ったく、どんな口調だよ」

文面から察するに、どうやら乃愛は舞い上がっているらしい。

それほど今日のデートに満足してもらえたのか、あるいは蒼汰から相談事を持ちかけられたことに興奮しているのかはわからないが、とにかくこの状況で快諾してもらえるのは素直に有《あ》り難《がた》かった。

ホッとしたからか、急に眠気が襲ってくる。

おそらく蒼汰自身が気づかなかっただけで、今日のデートで気疲れしたのだろう。

微睡《まどろ》む意識に身を任せながらベッドへ倒れ込むと、そのまま蒼汰は沈み込むようにして眠りに就いた。

[KOIBANA]
KORE wa
TOMODACHI no
HANASHI
NANDA KEDO

[CHARACTER]

瀬高《せだか》 蒼汰《そうた》

［性別］男
［学年］高校二年生
［身長］175センチ
［好きなもの］
乃愛の祖母が作る
親子丼

乃愛とは幼少期からの付き合いで、家族同然の大切な存在。基本的に親切だが、世話焼きでもある。

第三章　【ピンチ】真打ち登場（？）で波乱のはじまり

翌朝。教室に入ると、珍しく乃愛《のあ》が先に来ていた。

「おはよう」

「おはよう、蒼汰《そうた》」

挨拶を交わしてから席に着くと、スマホに新着のメッセが届く。

差出人は、隣に座る乃愛で。

『そっちの相談はいつにする？』

まだ始業前だし、隣に座っているのだから直接聞いてくれてもよかったのだが、そこは乃愛なりに気を遣ってくれたらしい。

『昼休み、空き教室かどこかで』

『わかった』

メッセのやりとりを交わしてから横目に見ると、乃愛がこくりと頷《うなず》いてくる。

蒼汰は顔が熱くなるのを感じながら、気持ちを落ち着けるために深呼吸した。

さて、どうしようか。

相談と言っても、誰かに恋愛相談なんかしたことがない。

とはいえ、まだ昼休みまでには時間があるし、今のうちに相談の手順を整えておこう。

――そう、思っていたのだが。


「…………くぅ」

すでに昼休みを迎えてもなお、蒼汰は相談内容をまとめられていなかった。

「蒼汰、行かないの？」

「え、ああ、行こうか」

揃《そろ》って教室を出てから、ときどき使用することのある三階の空き教室に向かう。

先客がいないことを確認してから中に入り、後ろにまとめられた椅子と机からワンセットずつ持ち運んできて、向かい合う形にして座る。

「昼飯を食べながらにしよう」

「了解」

二人の間には妙な緊張感が漂っている。どうやら心構えを作っているのは蒼汰だけじゃないらしい。

まずは場を和ませようと思って、蒼汰は日常的な話題を振ることにした。

「お、今日の弁当は炊き込みご飯なのか」

「昨日の夕飯の残り。でも、玉子焼きときんぴらごぼうは今朝作ったやつ」

「それって、やっぱりばあちゃんが？」

「うん、おばあちゃんのお手製。食べたい？」

「いや、せっかくだけど遠慮しておくよ。あんまり美味《うま》い物を食べると、コンビニランチが嫌になりそうだし」

こんな会話をしてみたり。

「そういえば、五限の化学は教室移動だってな。第二理科室らしいぞ」

「あそこ薬品くさいからやだ」

「乃愛ってそういうキツめの匂いとか苦手だよな。嗅覚が敏感とか？」

「かもしれない。でも、好きな匂いもちゃんとある」

「へぇ、たとえば？」

「……言わない」

「お、おう」

どうしてだか乃愛は顔を赤らめて恥ずかしそうにしているので、これ以上の追及はできそうになかった。

その後も、日常的なやりとりを交わしながらお昼を堪能《たんのう》して……

（――いや、ダメだろ⁉　相談しろよ！　なんのために呼んだんだ俺は⁉）

蒼汰は自分の心中で盛大なツッコミを入れてから、乃愛の方をちらと見遣《みや》る。

先ほどからだが、乃愛は居心地が悪そうにしている。きっと相談内容が気になりつつ、急《せ》かさないよう我慢してくれているのだろう。これは申し訳ないことをした。

すっかり昼飯も食べ終わったところで、蒼汰はサンドイッチの袋を片づけてから向き直る。

「乃愛」

「はいっ⁉」

座りながらぴょいっと軽く跳び上がる乃愛。よほどテンパっているらしい。

「いや、乃愛がテンパる必要はないだろ。これから相談するのは俺の方だぞ」

「う、うん、わかってる。……ふぅ、もう落ち着いた」

ひと息ついた乃愛は、すでに普段通りの冷静さを取り戻したようだ。伏し目がちになりながらも、いつもの凜《りん》とした表情で虚空《こくう》を見つめている。

昼下がりの陽光が窓から差し込んできて、乃愛の艶《つや》やかな黒髪や大きな瞳を照らした。

その光景は、どうにも神秘的なものに見えて。相変わらず、彼女はとんでもなく整った顔立ちをしている。見つめているだけで、吸い込まれてしまいそうになるほど魅力的だ。こんな美少女がそばにいて、恋に落ちるなという方に無理があるだろう。

「蒼汰」

「はいっ⁉」

今度は蒼汰が素っ頓狂な声を上げてしまった。

それを見た乃愛は、クスクスと口元を隠しながら笑う。

「ちゃんと聞くから、相談していいよ？」

その優しく微笑《ほほえ》む姿に、思わずドキッとした。

包容力とでもいうのだろうか。乃愛からそんなものを感じる日がくるとは思いもせず、蒼汰の鼓動だけがどんどん高鳴っていく。早鐘のようとはまさにこのことである。

（落ち着け、落ち着くんだ俺、まずは冷静に……）

もう一度、落ち着いて相談内容を整理しよう。

主題は恋愛相談。乃愛に恋をしていることは伏せるとして、八方ふさがりとも思える膠着《こうちゃく》状態を打開したいものの、その方法がわからない状況である。

けれど、それを好きな相手本人に尋ねるのはどうなんだという疑問が今さらながら浮かぶ。

とはいえ、もう猶予はない。昼休みは残り少ないし、乃愛の方も聞くスタンスに入ってくれているのだ。これ以上は待たせても切り出しづらくなる一方だが、どう切り出そうか。

いっそのこと、直球で『俺はトモダチと付き合うつもりはない、悪いけどトモダチのことは諦めてくれ』とでも言ってみるか？

……いや、さすがにそれは違うだろう。言われた方も困るし、もしもトモダチが乃愛自身を指していた場合は大問題だ。

ああ、頭の中がパニックに陥ってきた。でも、乃愛がこちらを見つめている。早く何か言い出さなくては……ここは参考になりそうな……そうだ、相談の先駆者である乃愛はどんな風に切り出していただろうか。

と、勝手に自分を追い詰めた蒼汰の思考回路は、とある手段を導き出す。

たしか乃愛は——


「——……あのさ、これはトモダチの話なんだけど」


あ、やっちまった、と口に出した瞬間に蒼汰は焦《あせ》ったのだが、

「む、これは蒼汰の話だ」

「どうしてそうなる!?」

即反応してきただけあって、乃愛の方はそれほど驚いていない様子だ。そして皆まで言うなとでも言いたげに、むしろ不敵な笑みを浮かべてみせる。

「フフ……その話の切り出し方は、自分の相談事だと暴露しているようなもの。テンプレとはそういうものだから」

「…………どの口が」

「でも安心してほしい。見抜かれたからと言って、そう恥ずかしがる必要はない。追い込まれ

たときには、誰だってついやらかしてしまうものだから」

「いや、あのさ」

「ん？」

「乃愛はもっと、自分の過去の発言を顧みた方がいいと思うぞ？　最初に言ったのはそっちだろ、『トモダチの話』って」

「ん……？　――ハッ⁉　やっぱ今のナシ！　私はあのときちゃんと、トモダチの話をしただけだから！　ほんとにそれだけだからっ！」

乃愛はわざわざ机に身を乗り出し、顔を真っ赤にしながら訴えてくる。

その必死な様を見せられたおかげで、蒼汰の方はすっかり落ち着きを取り戻していた。

「わかった、わかったから。ちょっと落ち着けって」

「〜〜〜っ！」

乃愛はよほど恥ずかしかったのか、悶絶《もんぜつ》してから拗《す》ねたようにそっぽを向いてしまう。

さて、まだ内容は話していないし、ここで『やっぱりトモダチの話ではなくて〜』と撤回してしまうのはアリかもしれないが、そうすると乃愛のトモダチの話まで信じていないと思われるかもしれない。

それにこの件を乃愛が引っ張る可能性もあるし、こちらも今さら撤回するのは気恥ずかしいわけで。

などなど諸々《もろもろ》の理由から、蒼汰は現状のスタンスを貫くことに決めた。

「もうほんとにわかったから、そろそろ俺の話を続けてもいいか？」

「……まあ、うん、その言葉を信じるから。それで、蒼汰のトモダチがどうかしたの？」

そんな風に話している最中も、乃愛はジト目を向けてくる。

これはまだ明らかに疑っている目だ。とはいえ、乃愛が信じると言った以上、こちらの話は信じてくれただろう。

だからつまり、乃愛が今疑っているのは、乃愛のトモダチの話を蒼汰が信じているのか否《いな》かのみ。これればかりはもう、どうしようもない。

（こういうところはとことん頑固で疑《うたぐ》り深《ぶか》いんだよな……）

要するに、このまま話を進めなければ埒《らち》が明かないわけだ。

何より、現状のままだと蒼汰のメンタルが辛《つら》かった。今は早くこの悩み事を打ち明けて、どうにか楽になりたい気分である。

ゆえに、蒼汰は相談内容を告げる覚悟を決める。

「その、さ……えっと、俺のトモダチには好きな相手がいるんだけど、その相手にも好きな人がいるかもしれなくて、でも違うかもしれなくて、しかもその人のトモダチが――いや、これは言わなくていいか」

「……なにを言ってるの？」

「ごめん、俺も自分で何を言っているのかよくわからなくなってきた。——とにかく、自分の恋を成就《じょうじゅ》させていいのか迷っているみたいなんだ。それにその方法もわからないみたいで！」

ふむふむ、と乃愛は何やら理解した様子で頷《うなず》いてから、

「なるほど、蒼汰のトモダチはずいぶんと乙女チックな恋愛観をお持ちみたい」

「うぐっ……（悪かったな、乙女チックで）」

「なにか言った？　後半の方、もごもごと言っていて聞き取れなかった」

蒼汰はぷるぷると慌てて首を左右に振る。

だが、先ほどの指摘は胸に痛かった。

乃愛に悪意がないのはわかっている。むしろ、蒼汰自身の話ではないと信じてくれたからこそ、嘘《うそ》をついている蒼汰の胸を抉《えぐ》るようなことを平然と言っているのだろう。

だからこそ蒼汰は、平常心を保とうと持ち直す。

「——ごほん。やっぱりこういうのって相手の気持ちも大切というか、相手に恋愛をする気がないなら邪魔をしたくないし、自分を好きでいてくれるなら受け入れたいって思うのが普通だろ。でも、わからないことだらけで困っているんだ。……その、俺のトモダチが」

「ふむ、言えることはいくつかある。……でも、その前に聞きたいことがある」

「なんだ？」

「その蒼汰のトモダチって、もしかしてやっちゃん？」

やっちゃん――つまりはやちよが蒼汰のトモダチであると、乃愛は考えているらしい。

なぜそう思ったのかは気になるが、ここは冷静に対応する必要があるだろう。

最初に乃愛が『トモダチの話』をしてきたとき、そのトモダチが誰なのかは頑《かたく》なに言おうとしなかった。きっと、少しでも情報を漏らせばボロが出て、その人物を特定されると考えたからだろう。そこは蒼汰も参考にして、徹底するべき部分かもしれない。

ゆえに、

「……ノーコメント」

乃愛がよく他者をやり過ごすときに使っている言葉を真似《まね》してみた。こういう場面で手法を参考にするならば、とことんまでやるべきだろう。

すると、乃愛はその意図を自分なりに解釈したのか、うんうんと頷《うなず》きながら口を開く。

「いや、やっぱり言わなくていい。でもせめて、男か女かだけ教えて」

「いやだから、ノーコメントだって。ばっちり聞き出す気満々じゃないか」

「むぅ、思ったより手強《てごわ》い」

前例を参考にしているからな、とは言わなかった。

うーんと考え込む乃愛を見て、ふと蒼汰はずっと気になっていたことを聞けそうなタイミングだと気づき、思いきって尋ねてみることにする。

「そういえば、乃愛には好きな人とかいるのか？」

「んにゃっ⁉　にゃにを、いきなり……」

乃愛は途端に顔を真っ赤にして、目が泳いでしまう。呂律《ろれつ》も回っていないし、すごい取り乱し方だ。……これはもしや、図星だろうか？

「その反応だといるんだな」

「お、乙女のヒミツ。それ以上聞いてきた場合は、もう二度と――いや、一週間くらいは蒼汰と口を利《き》かない」

「参考になればと思ったんだけど……まあ、話したくないなら無理強いはしないよ」

そんな風に言ったものの、蒼汰自身も内心聞くのが怖くなっていた。

今の乃愛の反応は、意中の相手がいてもおかしくないものだったからだ。

やっぱりトモダチの話は方便で、俺のことが好きだったり？　……と都合よく考えそうにもなるが、判断材料が出揃《でそろ》っていない以上、決めつけるのは早計だろう。

「と、とにかく、話を戻すけど、蒼汰のトモダチはどういうときに相手を『好きだ』と思ったの？」

多少は強引だが、乃愛が軌道修正をしてくれた。これは蒼汰も乗らない手はない。

「えっと……いつ好きになったとかは曖昧らしいんだけど、その相手が恋愛をしているかもしれないと思ったとき、こっちも本格的に動き出そうと思った感じかな」

「その二人は、仲が良《い》いの？」

「まあ、そう聞いてるよ」

「そう……」

あまり詳細に話すと蒼汰本人の話だとバレかねないので、なるべくぼかしたつもりだ。

たとえば、『ここ最近、相手が自分のことを好きかもしれないと思う出来事があった』とか、『二人は幼馴染《おさななじみ》同士』みたいな情報を伝えると、一発でバレかねない。

ただ、そのせいで情報量が少なくなってしまったので、乃愛の方も困っているようだった。

「やっぱり、こんな情報だけだと難しいか？」

「うーん……。ちなみに蒼汰は、そのトモダチの好きな人が誰かは知ってるの？」

その問いを肯定しようとしたところで、蒼汰の本能がストップをかける。

知っていると答えれば、当然相手が誰かまで尋ねられるだろう。乃愛の相談方法を参考にするならば、そこまでは語っても問題がないはずだが……

（言えないだろ、『君のことが好きみたい』なんて普通は）

何より、蒼汰自身の相談だとバレたときのリスクが大きすぎる。

あのときの乃愛は蒼汰本人に教えてくれたわけだが、それも自分自身の相談ではなく、本当にトモダチの相談内容であれば、問題はないかと思い直す。

そうだ、乃愛はあくまでトモダチの——茜《あかね》の話をしただけなのだ。今の蒼汰とは、何もかもがリンクするわけじゃない。

だからこそ蒼汰は、答えない方を選択することにした。

「いや、俺のトモダチが誰を好きかまではわからないんだ。ごめん」

「そうなんだ。それは残念」

「悪いな」

「蒼汰が謝る必要はない。悪いことはなにもしていないんだから」

「ま、まあ、そうだな」

今はそういう気遣いの言葉が蒼汰の罪悪感を募らせるわけだが、乃愛には悪気がないわけで。

それに乃愛だって、恋愛経験が豊富なわけでもない。

当初は藁《わら》にも縋《すが》る思いで相談したが、有益なアドバイスを得られなくても仕方がないのだ。

そう思って、蒼汰が諦めようとした矢先、

「うん、とりあえずわかった。その上で私から、今この場で言えることがある」

何やら真剣な顔つきで乃愛が言う。

その表情には自信が溢《あふ》れており、自然と期待を抱かせる。

「ぜひ、聞かせてほしい」

「よろしい」

乃愛はゆっくりと溜《た》めを作ってから、大きく息を吸って口にする。

「恋に貴賤《きせん》なし。想《おも》いを遂げたければ励むのみ」

「……誰の言葉だ？」

「私の言葉。たとえ既出だろうと、私は参考にしていないので、パクリ扱いされるいわれはない」

「いや、そんなことはしないけどさ……要するに、恋に上下の隔てなし、みたいなことか」

あとは、『オッパイに貴賤《きせん》なし』とか。

「遠回しにパクリ扱いされている気がするけど、まあいい。つまりはそういうこと。他人や相手のことばかりを気にしても仕方がないし、自分の気持ちを第一にすべきだと私は思う」

「お、おう」

なんだか物凄《ものすご》く説得力のある言葉だ。

まるで普段から、乃愛本人がその志を持って励んでいるような……そんな気さえしてくる。けれど、考えてみれば乃愛はいつだって周囲の目を気にせず、我が道をゆくスタンスを貫いているのだ。そんな乃愛だからこそ、これらの言葉に説得力があるのかもしれない。

「乃愛のそういうところって、やっぱかっこいいよな。昔からだけど、俺は好きだよ」

「――ッ！　い、今、好きって……」

「へ……？　――いや、今のは乃愛のマイペースなところがって意味でだな⁉」

お互いが顔を真っ赤にしながら、しどろもどろになってしまう。

そんな甘酸《あまず》っぱい空気を変えようと、蒼汰はなんとか口を開く。

「でも、すごく参考になったよ。というか、自信がつきそうだ。――俺のトモダチが」

「そ、そう。ならよかった」

「そっちのトモダチにもそうやって、乃愛の生き様を伝えてやればいいんじゃないか？　少なくとも、自信はつくと思うぞ」

「ダメ。私のトモダチは、とっても臆病だから」

そう語る乃愛の表情はどこか冷めていて。

これ以上の追及は拒むようなその顔つきに、蒼汰は少々気圧《けお》されてしまう。

「ま、まあ、俺が言うことじゃないよな、忘れてくれ」

「うん……。あとはやっぱり、いくら状況を変えたかったとしても、一緒にいることを推奨する。一旦距離を置いてみるとか、そういうのはよくない気がする」

「そうなのか？　一旦冷静になるために距離を置いて～とか、エンタメの恋愛話じゃ割と定番だと思うけど」

「私はオススメしないってだけ。一人になるのは寂しいし」

「……まあ、そうだよな。うん、わかったよ」

これは理屈じゃない。

状況が好転するような上手《うま》い方法を取るよりも、一緒にいる方を選ぶ。

そのことに執着したい気持ちは、蒼汰も同じだった。

──キンコーンカーンコーン……。

そこで予鈴が鳴る。ちょうど良《い》い頃合いだ。

「よし、そろそろお開きだな。今日はありがと、だいぶ参考になったよ」

「そう？　具体的な解決方法は言えていない気がするけど」

「いや、十分だって。要するに、恋愛くらいは自分勝手に突き進めってことだろ？　すぐに実行できるかはわからないけど、背中を押してくれたのは間違いないぜ」

「その言い方だと、まるで私が自己中みたいに聞こえるけど」

「曲解しすぎだって。まあ、自覚があるならそういうことだろうけどな」

「……ムカつく」

でも事実である。乃愛は周囲の空気なんか読まないし、基本的には自己中の部類に入るだろう。

「さて、教室に戻るか。もう予鈴は鳴ってるし」

「ムカつくムカつく」

「はいはい、悪かったって。乃愛はちょっと他人よりマイペースなだけだもんな〜」

「ムカつくムカつくムカつく……」

呟《つぶや》きながらジト目を向けてくる乃愛に構わず、蒼汰は席を立つ。

「ほら行くぞー、次は化学だから教室移動があるしなー」

歩き出してから横目に見ると、なぜだか乃愛は顔を曇らせていた。

それに何か複雑なことを考えているようで、どうにも心配になる。

「……えっと、そこまで怒ることだったか？」

「いや、そうじゃなくて」

「なら、今度は乃愛が悩み事か？　もしかして、そっちのトモダチと何かあったとか」

「そうでもなくて……。今は引っかかっていることを、ちょっと考えている最中」

「お、おう？」

乃愛はときどきこんな風に、蒼汰もよくわからない状態に入ることがある。

だから今回も、その一環だと思うことにした。

◆　◆　◆

教室に戻っている最中、乃愛は思考をフル回転させていた。

（――話の流れ的に、蒼汰のトモダチが茜ってことはないはず。茜は蒼汰に告白して振られているわけだし。でも蒼汰のトモダチが好きな人って、やっぱり蒼汰な気がする。だとしたら、私はライバルの背中を押したことになる？　そもそも正体は誰なの？　交友関係が薄い蒼汰にとって友人で、トモダチっぽいのは……）

「――ッ！」

瞬間、乃愛の頭の中で『カチリ』と音がして、一つのピースがはまる。

そして間もなく、確信に至る。

――蒼汰のトモダチは、やっちゃんに違いない。

これは蒼汰から相談を受けている最中にも、真っ先に予感したものだった。

自分の中で納得がいくと、途端に話の全てが繋《つな》がったような気がした。

（ここにきてまさかの、真打ち登場だと……？　これはまずい、早急に手を打たないと……）

……そうして乃愛は、盛大に『勘違い』をしたのだった。

◆　◆　◆

五限の化学。

第二理科室に移動して行われたこの授業中、様子がおかしい者が一人いた。

「じぃーっ」

乃愛である。

彼女はその視線を一心に、ある人物へと向けていた。

その相手は意外と言うべきか、蒼汰ではない。

「……ねぇ、瀬高。あんたの相方がさっきから見ているのってわたしよね？　わたしなんかした？」

視線を向けられている相手——やちよが困惑ぎみに、蒼汰へと尋ねてくる。

ちなみに今は実験の最中で、五十音順に作られた班ごとに分かれているのだが、蒼汰とやちよは同じ班、乃愛だけが別の班だった。

てっきり乃愛はこの班分けに不満があるのかと思ったが、それにしてもやちよの方ばかりを見すぎな気もする。それ以外だと……何か引っかかるような気もするが、やはりわからない。

「いや、何もしてないと思うけど」

「じゃあなんで見られてるのよ」

「さあ？　なんでだろうな。そっちは心当たりとかないのか？」

「あるわけないでしょ。ったく、あの子って顔が整ってる分、視線に妙な迫力があるのよね」

「もしかして、ビビってるのか？」

「んなわけあるか。鬱陶しいって話」

「じぃーっ……じぃぃぃっ！」

ついでに言うと乃愛の『じぃーっ』は全て声に出ているので、室内の全員が気づいていた。

やちよはクラス委員という立場上、悪目立ちするのは避けたいからか、ため息交じりに乃愛の方へと近づいていく。

「あのさ、なんか用？　さっきからすごい見てるけど」

「なんでもない。ちょっと嫉妬……じゃなくて、観察していただけだから。でもちょっと、あとで話がある」

「なんでもなくないじゃんか……しかもちゃっかり嫉妬とか言ってるし」

「言ってない。もしくは言い間違いか、泥棒猫の聞き間違い」

「今泥棒猫って言ったよね⁉」

「言ってない。そっちの空耳」

「はぁ……わかったわかった、ごめんってば。あとでちゃんとお話しするから、今は実験に集中しようね。一応授業中だから」

やちよが乃愛をあやす——もしくは説得する様子は、まるで保育士か母親のようだった。

そうしてひとまず、平穏な授業風景は戻ってきたかに思われたが。

授業も後半に差し掛かった頃、それは起こった。

発端は、やちよがなんの気なしに蒼汰へ声をかけたことからだ。

「あー、瀬高、そっちのビーカー片づけておいてくれない？」

「了解、こっちの試験管とスポイトも洗っていいか？　もう結果はメモしてあるやつだし」

「そうね、お願い。わたしは先生に総括を報告してくるから。ああそれと、このアルコールランプも片づけちゃっていいや——熱っ」

「おいおい、大丈夫か？　とりあえず、水で冷やそう」

「平気だって、ちょっと熱かっただけだし」

「いや、痕になったらどうするんだよ。とにかく、ほら」

「わかったわよ」

「にしても、くらっしーは意外と抜けてるよな」

「悪かったわね、お堅い上にドジっ子で」

そんなやりとりをしながら蒼汰に手を引かれ、やちよが蛇口の水で手を冷やし始めたところで気づく。

ゴゴゴゴゴ……。

物凄《ものすご》い嫉妬オーラ全開で、こちらを凝視する乃愛の存在があることに。

それを遠目に眺めながら、やちよは顔をしかめてみせる。

「……うわー、やらかしたわ。絶対に今の、勘違いしたでしょ」

「かもな。乃愛は独占欲が強いから」

「あんたもあんたよね……」

「まあ、その辺りは昔からというか。でも、ここまで顕著なのも久々だな。やっぱりなんかしたのか？」

「あんたがね！」

◆　◆　◆

ちなみに先ほどのやりとりは、嫉妬に燃える女・乃愛の目にはこんな風に映っていた。

『ねえだーりん、このビーカーを片づけておいてくれるとやっちゃん嬉《うれ》しいなっ？』

やちよ（？）が目をハートマークにしながら、蒼汰（？）の耳元でお願いする。

すると、蒼汰（？）の方も満更でもなさそうな顔で微笑《ほほえ》んでみせ、

『ああ、いいよハニー。それと、キミのスポイトも洗ってあげたいな』

『じゃあ～、お願いしちゃおっかな♪　やっちゃんは今日もだーりんと順風満帆ですって先生に報告してくるから、このアルコールランプも片づけておいてくれると嬉《うれ》しいゾ☆　はい、今手渡しするね～――って、きゃあああっ、あっつぅ～い！』

『ハニー!?　まさかボクらの愛の炎でヤケドをしたのかい!?』

『あぅ～、アツアツすぎぃ。だーりん癒《いや》してぇ、むちゅちゅ～っ』

『オー、イエスッ――』

（――んにゃあああっ!?　許すまじ、真打ちやっちゃん……ここはジャパンなのにっ）

……とにかくもう、暴走は止まらないのだった。

◆◆◆

そんなこんなで、五限の授業は終わり。

六限は体育館で全校集会が行われるとのことで、休み時間に話す間もなく移動することになった。

移動する直前、やちよが蒼汰のもとへ近づいてきて言う。

「六限のうちに、ちょっとわたしの方で藤白さんから話を聞いておくわ。終わったらメッセかなんかで共有する」

「わかった。でも、クラス委員が集会中におしゃべりなんかしていいのか？」

「うっさい。あんただって他人事《ひとごと》じゃないんだし、これは貸し一つだからね」

「はいはい、今度なんかジュースでも奢《おご》るよ」

「良《い》い心がけね。じゃ、また後で」

そんな風に言って別れ、やちよは乃愛のもとへと駆けていく。

蒼汰はその背を見送りつつ、他のクラスメイトとともに体育館へと向かった。

都立穂波高校の全校集会は、六限の時間を使って実施されることが多い。

都心から少し外れた位置にあるこの高校は、それなりの偏差値を誇るいわゆる進学校だが、自由な校風をモットーにするだけあって、校則が緩いのが特徴だ。

ゆえに、こうした集会の時間は一種の無法地帯になる。

もっとも、大声で騒ぎ立てるような輩《やから》がいるわけじゃない。ひそひそ声で会話したり、携帯ゲーム機やスマホをいじったり、あるいは睡眠をとってやり過ごす生徒がいるというだけだ。

集会の内容は一般的な清掃関連の話だったり、生活指導についてや、部活動の表彰だったりするもので、生徒たちが真面目に聞いていなかろうと、大して支障が出ないのも事実である。

だから今日みたいに、二年生の女子二人が列の真ん中辺りでひそひそと話していようとも、特に目立つことはないのだ。

ちなみに集会が始まってから二十分ほどが経《た》つが、今も館内にはマイクを通して校長の声が響き渡っている。

「それでふと思い出したのですが、先日ネットニュースで興味深い記事を見つけまして——」

……どうしてこんなに眠くなるような話を延々と続けられるのか、甚だ疑問に思う生徒も多いことだろう。

蒼汰はといえば、列の後ろの方に座りながら、昼に乃愛と話したことについて考えていた。

あのとき、乃愛は真剣な態度で相談に乗ってくれたと思う。

それに彼女自身の言葉でためになることを教えてくれた。

『恋に貴賤《きせん》なし。想《おも》いを遂げたければ励むのみ』

『他人や相手のことばかりを気にしても仕方がないし、自分の気持ちを第一にすべきだと私は思う』

乃愛はそう言ってくれた。

（自分の気持ちを第一にすべき、か。乃愛からそう言われちゃ、遠慮していられないよな）

そうやって物事を前向きに捉えながら、蒼汰は校長の長話を聞き流していたのだが。

「んなっ⁉」

そのとき、突然大きな声が耳に届いたことで、意識がそちらに向く。

今の声はやちよのものだろう。現に、前方に座るやちよは周囲の注目を集めてしまい、両手を口に当てて『やってしまった』という顔をしていた。

（そういえば、乃愛は俺のトモダチがくらっしーじゃないかと疑ってきたっけ）

もしや、そのことが今回の乃愛の奇行と関係しているのだろうか？

蒼汰にとってはやちよがトモダチだと思われることは想定もしていなかったので、すっかり忘れていた。やちよには悪いことをしたかもしれない。

そう思って再び前方を見ると、やちよと目が合った。しかも、あっかんべーをしてくる。ひどい反応である。

その一つ前には乃愛が座っていて、目が合うなりピースを向けてくる。こちらは可愛《かわい》い仕草だが、顔が無表情なのが気になる。いや、基本的に仏頂面《ぶっちょうづら》でいるのが平常運転なのだが。

どうやら二人はひと通り話し終わったようで、どことなくやちよが疲弊しているように見えた。

(これは、ジュース三本分くらいにはなりそうかな)

そんなことをのほほんと考えながら、蒼汰は集会が終わるのを待った。

◇

「――あっっっりえないからっ!」

放課後を迎えるなり、蒼汰と乃愛はやちよに引っ張られてファミレスに来たわけだが、そこで開口一番、やちよの訴えを聞かされていた。

ちなみに席は四人席で、蒼汰と乃愛が隣り合って座り、その向かいのソファ席にやちよが腰掛けている形だ。すでにテーブルの上にはドリンクと山盛りポテトが並んでいる。

「やっちゃん、声が大きい」

「いやほんとに。一体どうしたんだよ、校外に出たらグレるタイプか？」

「あー、瀬高うるさい。ここのドリンクバーはあんたの奢《おご》りね」

「ほんとに三本分ぐらい持っていかれるんだな……」

「なんか文句あるー？」

「いや、ないけどさ」

「イチャイチャしてる」

「「してない！」」

「ほらぴったり」

ちなみに今のやりとりも、乃愛の目には違ったものに見えていた。

『あう～、やっちゃんはだーりんのドリンクがほ・ち・い♪』

『ほんとに欲張りさんだなァ、マイハニーは』

『ええ、だめぇ？』

『ダメなわけないだろ、愛《いと》しのハニー♪』

『あぁん、やっちゃんうれちぃ～っ☆』

——といった感じで。

「あんたの相方、目がやばい気がするんだけど……」

「確かにこれは重症な気がする。さっさと本題に入った方がよさそうだな」

どうやら全校集会のときにやちよが乃愛から聞かされたのは、やちよが蒼汰のことを好きなのでは？　と疑っていることのみだったらしい。

そこからこのファミレスに移動する最中に、『蒼汰のトモダチの話』の件について説明すると、やちよもようやく事の経緯に納得したようだった。

「で、藤白さんは今、わたしが瀬高にとっての『トモダチ』だと思っているわけでしょ？」

やちよは気怠《けだる》そうにポテトをつまみながら尋ねる。

すると、乃愛はこくりと頷《うなず》いてみせた。

「しかも、そのトモダチであるわたしが好きなのは、瀬高当人であると」

「端的に言えば、その通り」

「あっっっりえないからっ！」

また出た。先ほどに負けず劣らずのボリュームである。

遠くで女性店員が注意すべきかどうかあわあわしているのを見て、蒼汰は申し訳なさそうに頭を下げておいた。

「やっちゃんうるさい」

「いやほんとにな」

「瀬高、あんたはどっちの味方なのよ!?」

「こういうのに敵とか味方とかないだろ」

「うわ、正論パンチうっざ……」

これは全然関係ないことだが、蒼汰はやちよの優等生キャラなのに真面目に徹しきれない、その人間らしさが嫌いではなかった。

そこでふと、隣でポテトを頬張る乃愛の唇の端に、ケチャップが付いていることに気づく。

「おい乃愛、口にケチャップついてるぞ」

「どこ？　取って」

「動くなよ。——よし、取れた」

「ありがと」

「じー」

そのとき、なぜだかやちよが冷めた視線を向けてきていた。

「くらっしー、どうかしたか？」

「いや、べつに？　そろそろ本題に戻っていい？」

「ああ」

「どうぞ」

そこでやちよは仕切り直すように咳払《せきばら》いをすると、キッと視線を乃愛に向ける。

「あのね、わたしが仮にこの男に恋をしているとして、それでも好きな当人にわざわざ恋愛相談をするとかあり得ないでしょ。まどろこっしくて意味わからん」

諭すようにやちよが説明すると、なぜだか目の前の二人が揃《そろ》って居心地悪そうにしているので、違和感を覚えている様子だった。

「あんたら、ちゃんと聞いてる？」

「「聞いてます」」

「なんでいきなり敬語……？」

乃愛も蒼汰も、やちよが言うところの『あり得ない』、『まどろっこしくて意味わからん』ことをすでに実行しているのだ。そしてやってしまった当人たちも勢い半分みたいなところがあるので、こういう第三者の意見はなんとも胸に痛いのだった。

と、そこでやちよは何かに気づいたのか、蒼汰の方を見つめてニヤニヤしてみせる。

「なんだよ」

「はは～ん。さては瀬高くん、そういうことですかな？」

「ほんとお前って性格悪いな。そんなことだと、俺は一貫してノーコメントに徹させてもらうぞ」

「わかったから拗《す》ねるなって。――そんでもって、どうしてここで藤白さんがジト目を向けてくるわけ？」

「またイチャイチャしてたから」

「「してない！」」

「ほらまたぴったり。二人でアイコンタクトまで取ってた」

指摘されたことで、蒼汰とやちよの視線はついまた重なってしまう。今回は責任のなすりつけ合いが目的だったが。

「言われたそばから堂々と見つめ合うなんて、ほんとにいい度胸をしている」

それを見逃さなかった乃愛はすっかり不機嫌面である。

何せ、乃愛の目に映っていた光景は──

『だーりん、浮気《うわき》はダメだゾ？』

『ほんとにハニーは心配症だな、ボクの目にキミ以外が映るはずないだろ？　それとも、お口チャックがお望みかな☆』

『きゃわ～ん♪　ところでだーりん、なんかお邪魔虫がこっちを見てるんだけどぉ』

『カンケーないさ。ほら、キミはボクだけを見て』

『バチコーン♪』

『バチコーン☆』

「バチコーンは禁止」

「『いや、バチコーンって何？』」

再び別の世界が見えていたらしい乃愛は、腹いせとばかりに蒼汰のドリンクを口にする。

「うっ、なにこれ……」

「ああ、コーヒーだよ。コーラだと思ったか？」

「苦い……ハメられた」

「ハメてないって、そっちが勝手に飲んだんだろ。ったく、しょうがないな、ちょっと待ってろ」

乃愛のドリンクが空だったので、蒼汰がオレンジジュースを入れてくる。

「ほら、これを飲めよ。どうせ炭酸はたくさん飲めないだろうから、オレンジジュースにしといたけど、文句は言うなよ？」

「——ごくごく、ぱぁっ。生き返った。蒼汰も飲む？」

「いや、全部飲んでいいぞ」

「ありがと」

「あのさ」

「『ん？』」

そこまで静観していたやちよが口を挟んできたかと思えば、無表情で尋ねてくる。

「あんたらのそれって、イチャついてないわけ？」

「「ん？」」

「いや、ん？　じゃなくてさ。——あ〜、わたしなんでここにいるんだろ」

このままでは埒《らち》が明かないと思ったのか、やちよはため息交じりに続ける。

「じゃあもういい、わかった、核心をつくから聞いて。——まず百歩譲って、好きな相手本人に恋愛相談することを認めるにせよ、そもそも前提条件が破綻しているのよ」

「というと？」

乃愛がさっぱりわからないという風に小首を傾《かし》げると、やちよは苛立《いらだ》たしげに言い放つ。

「——わたしが瀬高蒼汰なんかのことを好きって話！　いやもう、マジであり得ないから！」

「フッ」

「なにわろとんねん」

鼻で笑った乃愛に対して、やちよの鋭いツッコミが入る。

（この二人って、案外仲が良《い》いよな）

このときの蒼汰は、自分の扱いが散々なものになっているにもかかわらず、どうにも二人のやりとりが微笑《ほほえ》ましいものに見えていた。

と、ここで蒼汰はずっと引っかかっていたことを思い出す。

「そういえば、乃愛の中でくらっしーが俺のことを好き云々《うんぬん》はともかく、どうして俺までもがくらっしーのことを好きみたいな流れになっているんだ？」

その問いを乃愛に投げかけると、乃愛はむすっとしながらそっぽを向く。

何か言いづらいことでもあるのかと思ったのだが、

「そこは女の勘。なんかそんな風に見えたから」

……そんな、まさに身も蓋もない理由らしかった。

「ちょっと瀬高、わたしもうお手上げなんだけど。この子やっぱり気難しい……というか、なんかわたしが知らない情報とか他にないの？　あんたたち二人だけのプライベートな話とか」

やちよが疑問に思うのも当然かもしれない。

なぜなら、『乃愛のトモダチの話』についてはやちよに説明していないからだ。

これを知っているか否《いな》かで、多少は可能性の余地が生まれるというもの。

ただそれでも、乃愛がなぜ蒼汰までもがやちよを好きだと考えるのかは謎である。

この流れであれば、蒼汰はトモダチの話を乃愛に相談したのだし、蒼汰が好きな相手は乃愛だと考えてもおかしくないと思うのだが、その可能性を乃愛は考えていないのだろうか。

現に、やちよは薄々気づいている。蒼汰が好きな相手である乃愛に恋愛相談をしたのだと。

ともかく、乃愛のトモダチの話については他言できない。乃愛が口にしないということは、それを望んでいないだろうからだ。

ゆえに、蒼汰はやちよに申し訳なく思いながらも言うしかない。

「べつに、特にそういうのはないかな。くらっしーには悪いと思ってるけどさ」

「え、うん。急にそんな殊勝な態度をされたら、こっちも困るっていうか」

「じぃーっ」

乃愛の視線に気づいて、やちよは面倒そうに見つめ返す。

「とにかく、藤白さんが考えているようなことは一切ないから！」

「それについては俺も同意見だ」

しかし、蒼汰とやちよがいくら否定しても、乃愛の方は納得いかないようで。

「やっちゃん当人がいくら否定しても、私の中の疑念は消え去らない」

「それは俺が否定しても同じなのか？」

「同じ。蒼汰も当人に含まれる。後付けの証言には信ぴょう性が伴わない」

「そうか……」

果たして乃愛は何を考えているのか。それがわからないため、蒼汰もやちよもお手上げ状態だった。

昔から乃愛は思い込みが激しい方だったが、未《いま》だにこの辺りは直っていないらしい。というかむしろ、悪化しているかもしれない。

そこで困る二人を見かねたように、乃愛はやれやれと肩をすくめてみせた。

「だからこそ、現状を公平に判断できる第三者――オブザーバーを招集した」

「「オブザーバー？」」

「もうじき来るはず」

――カラランン。

そのタイミングで、ファミレスの来店ベルが鳴る。

蒼汰とやちよが揃《そろ》って視線を向けると、入店してきた女子生徒と目が合った。

「どもども～、センパイがた奇遇ですね。相席いいですかー？」

そう言いながら、近づいてきた女子生徒――茜は返答を聞く前にやちよの隣へ座る。

「え、何この子」

「一年生の夏井茜。私が呼んだ」

「あちゃー、ネタバレするのが早いですってー。そうです、藤白センパイに呼ばれてここへ来ました！　あたしこそがドリンクバーです！」

「オブザーバー」

「そう、それです！」

乃愛と茜、この二人の波長が嚙《か》み合《あ》っているようには見えないが、どうやら乃愛の言う第三者――オブザーバーとは茜のことで間違いないようだ。

それにしても、乃愛が茜を呼ぶとは意外である。この二人の関係性は測りづらかったので、その辺りを把握できるいい機会かもしれない。

「さて、ここからは後半戦ってことですね⁉」

「なんでいきなりオブザーバーが仕切り出しているのよ……」

……ただでさえ混沌《こんとん》としていた状況が、さらに引っかき回されるだけかもしれないが。

そうして、オブザーバー（?）こと茜にこれまでの経緯を説明し終えて。

「んー、これは黒ですね」

冷めたポテトをぽりぽりかじりながら、茜はざっくばらんに言った。

「だそう。これで決定」

そして呼び出した張本人の乃愛は鼻高々である。

対するやちよは、呆《あき》れぎみにため息をついてみせる。

「いやだから、なんでオブザーバーがいきなり結論付けてるのよ」

「まあ、その辺りは突っ込んだら負けだろ。多分、言い出した乃愛も適当だろうし」

蒼汰も呆《あき》れているのは同じだが、ここは補足しておいた。

乃愛の習性的に小難しい単語を使いたがっても、その言葉の意味合いが正しいかまではいちいち考えていないことが多いのだ。

「さすがは保護者――じゃなかった、幼馴染《おさななじみ》。そういうのも慣れたものね」

「言ってろ」

「ダウトーッ！」

「うわっ⁉」

いきなり茜が立ち上がって大声で叫ぶものだから、蒼汰とやちよはビクッとしてしまう。

「なんだよ、いきなり大声を出して……」

「いやもうこれ黒。完全黒ですよ。センパイも隅に置けないなぁ」

「だそう。これはもう確定事項」

どうやらオブザーバー（第三者）というのは名ばかりで、しっかり雇用主である乃愛の息がかかっているらしい。

これは思いのほか、連携が取れているぶん厄介だ。さて、この場をどう収拾するかと思ったのだが。

「ところで～、どうしてこの席位置なんです？　あたし、蒼汰センパイの隣に座っていいですか？」

「ダメに決まってる。ここは私の特等席」

「それじゃあ～、やっちゃんセンパイと蒼汰センパイの位置が入れ替わる感じで」

「それも認めない。蒼汰の隣は私の特等席だから」

……連携が取れているかと思ったが、そうでもないのかと思い直す。

きゃいきゃい言い合う二人の様子は、まさに犬猿の仲といった感じ。やはりこの二人の関係性はいまいち測れない。

そこでやちよはスマホをいじっていたかと思えば、蒼汰の方に視線を向けてくる。

「ねえ、わたしそろそろバイトの時間なんだけど」

「ああ、もうそんな時間か」

壁にかかる時計を見ると、すでに十八時を回ろうとしていた。なかなかいい時間だ。

「へー、どこでバイトしてるんですか？」

「言わないわよ。言ったら来そうだし」

「ってことはー、飲食店とかショップとか、そっち系なんですね？」

「うぐっ。なにこの子、見た目通りの陽キャかよ……。優等生には圧がキツいわ」

やちよにとって茜は本当に苦手なタイプのようで、視線だけで蒼汰に助けを求めてくる。

だが、蒼汰からしてもどう介入するべきかは悩みどころなので、とりあえずは『ごめん』と口パクで伝えておいた。

「やっちゃんセンパイひどいですよー。それって遠回しに、あたしのこと避けてますよね？」

「遠回しじゃなくて、直接的に苦手だって言ってるの。だいたい、後輩のくせして物怖《ものお》じしなさすぎでしょ」

「うえーん、苦手って言われたー」

「気にしなくていい。やっちゃんはいわゆるツンデレなだけだから」

やちよがテーブルに身を乗り出してチョップをかますものの、乃愛はひらりと躱《かわ》してみせる。

「それじゃあまあ、今日のところは解散かな」

いつまで経《た》ってもまとめ時がきそうになかったので、蒼汰は半ば強引に切り上げることにする。

「えー、あたし来たばっかなのにー」

「とか言って、ドリンクバーも頼んでないだろ。ほんとはなにも頼まないのは駄目なんだぞ」

「バレたか」

「とにかく、物足りないなら外で何か奢《おご》ってやるから、とりあえず店を出るぞ。くらっしーにバイトをサボらせるわけにもいかないしな」

「わーい、やったー！」

「蒼汰は優しい」

「乃愛には奢《おご》らないぞ？」

「ひどい」

「ほんとに優しかったら、もっと早くわたしの味方をしてくれていると思うけどね」

そんな怨嗟《えんさ》の声が聞こえた気がしたが、ひとまずは聞き流して出る支度を進めた。

◇

ファミレスを出ると、外はすっかり暗くなり始めていた。

駅前に移動したところで、やちよが蒼汰と乃愛の方に向き直ってくる。

「んじゃ、わたしはここで。結局、誤解は解けなかったけど、なんだかんだで楽しかったわ」

「やっぱりツンデレ」

「誰がツンデレか！」

「今のは言われても仕方ないと思うぞ」

「あたしもそう思いまーす」

「くっ……まあいいわ。このままだと遅刻しそうだし、また学校でね！」

と、やちよは走り去ろうとしたところで踵《きびす》を返《かえ》し、蒼汰のもとに近づいてくる。

そのまま耳元に唇を近づけてきて、

「（わたしは応援してるから、あんたも頑張りなさいよ？）」

小声でそう言ってから、やちよはしたり顔で微笑《ほほえ》んで去っていった。

（世話焼きめ……こういうのが誤解に繋《つな》がるってわからないのかな、優等生は）

蒼汰がその距離感に思わずドキドキしていると、後方から冷めた視線を感じる。

言うまでもなく乃愛と、それに茜が揃《そろ》ってジト目を向けてきていた。こういうところは揃《そろ》うものらしい。

「いや、ほんとになんでもないんだって。今のもそういうんじゃない」

「じゃあ何を言われたの？」

「……明日の小テストの話、とか？　負けないぜ、って」

「怪しすぎる」

「蒼汰センパイって、嘘《うそ》がものすごく下手なんですね……」

「とにかく！　もう帰るぞ！　それなりにいい時間だしな」

蒼汰が歩き出そうとしたところで、茜がずずいと近寄ってくる。

「蒼汰センパイ、何か奢《おご》ってくれるんじゃないんですか？」

「近い、近いな。ちゃんと忘れてないから、少し離れてくれ」

そこで乃愛も対抗するように、蒼汰に腕を絡《から》めてくる。

「茜にはコンビニのゴリゴリ君で十分」

「えー、あたしステバのフラペチーノかトリーズのスムージーがいいんですけどー」

「そういう店ならサイズはショートだぞ」

「ショートで全然オッケーですよ。――あ、それと藤白センパイはちょっと外してもらってもいいですか？」

「ん？　どうして私が離れなくちゃいけないの」

むすっとする乃愛に向かって、茜は愛想《あいそ》たっぷりの笑顔で答える。

「すこ～し、蒼汰センパイに大事な話があるので」

「お断りする」

「ででも、今日は急な呼び出しにも来てあげたじゃないですか？」

「……まあ、少しぐらいなら構わないかも」

「ありがとうございまーす♪　では蒼汰センパイ、そこのステバに入りましょ」

「ちょっと待てって。乃愛は？」

女子二人の間だけで何やら話が成立したみたいだが、蒼汰だけは付いていけずにいる。

なのでたまらず問いかけると、乃愛は視線を逸《そ》らしながら答える。

「私は駅中の本屋で時間を潰しているから、終わったらメッセで教えてくれればいい」

「えっと、わかった。じゃあ、何かあったらすぐに連絡するんだぞ」

「うん……――あ、やっぱり待って」

再び乃愛が近づいてきて、ちょんと裾をつまんでくる。

それから上目遣いにこちらを見つめてきたかと思えば、

「…………」

言葉は発さず、乃愛が視線だけで何かを伝えようとしているのがわかった。

だが、何を伝えたいのかがわからない。

「えっと、乃愛？」

「伝わらない？」

「いや、その……」

伝わらないことがもどかしいと、そんな表情を浮かべる乃愛。

先ほど腕を絡《から》めてきたときもそうだが、乃愛は嫉妬しているのだろうか。たとえ幼《おさな》馴染《じみ》としての独占欲からだとしても、こういう気持ちを向けられるのは嬉《うれ》しいと思ってしまう。

「……嫉妬、してくれてるんだよな？　多分だけど」

乃愛の瞳はひたすらに『行かないで』と訴えかけているようで。

しかし、蒼汰が尋ねるや否《いな》や、乃愛はどこか拗《す》ねたように裾を離した。

「もういい。……そうだけど、そうじゃないから」

「なんだよそれ、哲学か……？」

「はい、そこまでー」

と、ここまで意外にも傍観してくれていた茜が、タイミングを見計らったように割って入ってくる。

「さてセンパイ、話は済んだみたいですし、そろそろ行きましょーっ」

「え、あ、ちょっ……」

蒼汰の迷いを断ち切るように、茜が腕を引いてくる。

確かにもう、話は一段落ついてしまっただろう。

すでに乃愛の方も話すことなどないと言った態度で、視線を合わせてはくれなかった。


それから茜に連れられて、駅近のステラバックスコーヒーに入った。

ドリンクは店内で飲むのかと思いきや、テイクアウトで頼むらしい。

「店内だとセンパイも頼まなきゃいけなくなるじゃないですか。それに、そこまで長話をするつもりもないので」

茜の意図がわからぬうちに、注文したフラペチーノとやらができあがる。

「わーい、季節限定のチェリーフラペチーノ♪　これ飲んでみたかったんですよね～」

ドリンクを受け取った茜は、弾むような声色のまま店を出る。

そのまま茜の後に付いていき、二人して駅前のベンチに腰掛けた。

「ここでいいのか？」

「はい。でもちょっと味わわせてください」

ストローをちゅーちゅー吸ったまま、一向に茜が話し始めようとしないので、蒼汰の方から切り出すことにする。

「それで、話って？　茜ちゃんもくらっしーのことで文句があるとか？」

「いえ、その辺りはだいたいわかっているつもりなので」

「え？」

「あの人――倉橋センパイ、でしたっけ。あたしはノーマークってことです」

「その、ノーマークっていうのは……」

「あれ、言ってませんでした？　あたし、蒼汰センパイのことはまだ諦めてないですよ。この前は急だったので、振られても仕方がなかったですし。今後は地道にアピールできたらな～とか思っていたり」

こうなると、やはり茜が乃愛のトモダチである可能性が高いと感じてしまう。

トモダチが諦めていないからこそ、乃愛も協力を続けていると考えられるからだ。

「でも俺、君にそこまで惚《ほ》れられるようなことをしたのかな」

そういえば、茜が蒼汰に惚《ほ》れたきっかけを聞いていなかったので口にすると、茜は逡巡《しゅんじゅん》してから、「まあ、一目惚《ひとめぼ》れ的なやつとでも思っていただければ」と濁すように言った。

「というか、乃愛の言っていることが間違っているって、茜ちゃんは気づいていたのか」

「藤白センパイの言ってること――というか倉橋センパイについては、最初は見極めてやろうと思っていましたが、倉橋センパイはあたしのことを全然警戒していなかったですし、蒼汰センパイとは本当に『ただの友達』って感じだったので、すぐに『あれ？』ってなりました」

「なるほどな……」

茜が言いたいのは、やちよからその気——蒼汰への恋愛的な好意を全く感じられなかったということだろう。確かに蒼汰を意識しているのであれば、新たな女子が現れた場合に、動揺か警戒くらいはしそうなものである。

そんな風に思わず納得してしまった蒼汰を見て、茜はニヤリとしてみせる。

「あれれ？　蒼汰センパイってば、今ので通じちゃう感じですか？　そりゃそうか〜、あたしが告った後ですもんね〜」

「まあな。そこまで鈍感になるつもりはないよ」

「ふーん、へー」

「なにか言いたそうだな」

「いや〜、センパイってどこまでわかってるのかなぁと思いまして」

その意味深な言い方に、蒼汰は訝《いぶか》しむように見つめる。

「こっちこそ、いろいろと聞きたいことはあるんだけどな。たとえば、乃愛とはいつの間に連絡を取り合うような仲になったのかとか」

「ダメですよ。蒼汰センパイだって他人には言えないことがある通り、あたしにだってあります。自分以外にも影響が出るとなったら、なおさらですよ」

「……ごめん、そうだよな。その通りだ」

自分はありのままを伝えない癖に、相手にばかり求めるのは自分勝手というものだ。そんなことが許されるとも思っていない。

だから素直に謝罪をしたのだが、こちらを見つめる茜はなぜだか頬を赤らめていた。

「どうかしたか？」

「いえ、しゅんとしているセンパイも可愛《かわい》いなと思って」

「年上をからかうなよ……」

「いえ、今のは割と本心からというか……。でもまあ、いいです。（……考えてみれば、今の時間だってデートみたいなものですし」

「悪い、後半なんて言ったのか聞き取れなかった」

「だからいいんですってば！　それより本題というか、蒼汰センパイのトモダチは現状を変えたいんですよね？」

茜にも『蒼汰のトモダチの話』は説明したため、そのことについて言っているのだろう。

……実際は、蒼汰の話なのだが。

「ま、まあ、そうだな」

「そういう場合って、ショック療法という言葉がある通り、強い衝撃によって状況を変えるパターンもあると思うんですよ」

「……確かに」

「でもそれって、当人同士が問題を起こさなくても、周囲が巻き込むような形で生まれる変化もあると思うんです。環境が変われば、人間は影響を受けるものじゃないですか」

「そういうものかな」

「トモダチの状況に変化を与えたいなら、その友人である蒼汰センパイが何か変化を巻き起こすっていう手もあると思うんです」

「たとえば、とか聞いてもいいか？」

何か嫌な予感がしつつも尋ねると、茜はいたずらな笑みを浮かべて言う。

「——たとえば、蒼汰センパイが誰かと付き合ってみるとか」

彼女にそのつもりはないのかもしれないが、どうにも誘われているような感覚に囚《とら》われてしまう。

それはともかくとして、確かに茜の言う通りにすれば、状況は変わるかもしれない。

けれど、そうするリスクも当然あるわけで。

「なるほど、それは最終手段として考えることもあるかもしれない。ただ少なくとも、今考えることじゃないとは思うかな」

「そうですか、残念です。ちなみに、これは蒼汰センパイ自身の状況を変えるのにも良《い》い方法だと思いますよ？」

茜はもしや、蒼汰のトモダチの話が蒼汰自身のことだと気づいているのかもしれない。

それにもしかすると、好きな相手が乃愛だということにも。

蒼汰は額に冷や汗を浮かべながら、苦笑してみせる。

「はは……そうだとしても、今じゃないかな」

「こういう場合って、仕掛ける方がダメージは少なくて済むじゃないですか。だって嫌ですもん、自分の好きな相手が仮初だとしても、他の相手とイチャイチャするのを見るなんて」

「あぁ、そういう……」

「ま、それも片想《かたおも》いの醍醐味《だいごみ》かもしれないですけどね。――とにかく、あたしは蒼汰センパイの味方ですから。いつだって、協力が欲しくなったら言ってくださいね？　現状が変わるなら、あたしはどんな協力でもしますから」

ペロリと舌を出して、茜は誘惑するような申し出をしてくる。

その小悪魔めいた笑顔は、とても味方と呼べるようなものには見えなかったが、それでも少し心強いと思ってしまった。

「まあ、機会があれば頼むよ」

「はい、いざとなったら頼りにしちゃってください！　――それと、この際だから言っておきますけど、『トモダチの話～』なんてしょうもない方法をよく取りましたよね。あれで気づかない藤白センパイも相当ですけど、それ自分の話をしているのと同じだと思いますよ？」

「うぐっ……茜ちゃんって、結構ズバズバ言うタイプなんだな」

さらりと付け足されるように核心を突かれて、蒼汰は苦々しい顔をする。

やはり、普通はバレるものらしい。おそらく茜は、成り行きを説明された段階でこれが『蒼汰の話』だと気づいていたのだろう。それはそれでとても恥ずかしい。

渋面を作る蒼汰を見て、茜はやり過ぎたと思ったのか、申し訳なさそうに言う。

「まあでも、さっきも言ったように藤白センパイは気づいていないっぽいですから。近すぎると見えないこともあるっていうか、なんとかは盲目って言いますしね」

茜があえてぼかした『恋は盲目』という言葉。もしや茜は、乃愛が蒼汰のことを好きだと思っているのだろうか？

そこに思い至った蒼汰の心を見透かしたように、茜は慌てて付け加える。

「もちろん、今のは物のたとえですから！　実際にあたしがそうだと思っているわけじゃないので！」

「え、ああ……」

その慌てぶりには引っかかるところもあるが、茜がこう言う以上は受け入れるしかない。

この際だからついでに、蒼汰は気になったことをなるべく自然に尋ねてみることにする。

「あのさ、なら一般論として聞きたいんだけど、女の子が『トモダチの話なんだけど～』って恋愛トークを振る場合って、どういう意図があるものなんだ？」

すると、茜はうーんと唸《うな》り出したかと思えば、

「まあ普通は自分の話を、言ってしまえばどうでもいい相手に聞いてほしいときですかね」

「じゃ、じゃあ、そのトモダチがあなたを好きだって話ならどうだ？」

「はい……？　いや、意味わかんないんですけど」

茜は顔をしかめてみせる。本当に意味がわからないといった様子である。

「いやだから、たとえばの話でさ」

「だってそれ、もう告ってるようなものですよね？」

「やっぱりそう思うか⁉」

「わっ、いきなり食いつきすぎですって！　なんなんですか、もう」

「あ、悪い……」

反省する蒼汰を見て、茜は腑《ふ》に落ちない様子ながらも答える。

「それか普通はないですけど、本当に友達の話で、その友達の背中を押そうとしているって場合も一応考えられますかね。自分が疑われる可能性があるのにそんな方法を取るなんて、よほどの変わり者か、あるいはおっちょこちょいな人でもないとあり得ないと思いますけど」

……つまり裏を返せば、『よほどの変わり者』か『おっちょこちょいな人』ならあり得るというわけだ。

（おっちょこちょいかはともかく、変わり者の方は当てはまっているんだよな……）

結局は振り出しに戻ったというか、やはり一般論はどこまでいっても一般論らしい。

――ブーッ。

そこで茜のスマホが鳴る。

確認した茜は、どこか苦笑しながらも画面を見せてくる。

『長い』

そんな短文をよこしたのは乃愛だった。どうやら我慢の限界らしい。

「すみません、結局長くなっちゃいましたね」

「いや、こっちもいろいろと聞いちゃったし、お互い様だろ」

「しかも、えらそーに『他人には言えないことがある』とか言ったくせに、あたしの方からグイグイ聞いちゃってすみません。やっぱり、好きな人のことだとどうしてもたくさん知りたくなっちゃって」

「さらっと告白めいたことを言うなよ……」

「ごめんなさい、迷惑ですよね」

「じゃなくて、普通に照れるからさ」

こういう経験に慣れているはずもなく。蒼汰が思わず赤面しながら言うと、茜の方も顔を真っ赤にする。

「(ほんとに、どっちも可愛《かわい》くてお似合いですね)」

「小声で聞こえないように言われると困るんだけど……万が一、悪口とかだったらへこむし」

「あはは、悪口なら聞こえなくてもいいじゃないですかー。ほら、行きますよ」

「はいはい」

そうして乃愛と合流した後は、「遅い、長い」と文句を言われてしまった。

それでも全然悪びれることのない茜と別れて、蒼汰と乃愛は帰り道を歩く。

「茜となにを話したの？」

こういうときこそストレートに聞いてくるのが乃愛らしい。大事な話といっても、気になるものは気になるのだろう。

茜と二人きりになる直前には、嫉妬絡《がら》みで少々気まずくなったりしたものの、ちゃんと会話をしてくれるようでホッとする。あとは無駄に掘り返さないよう気をつけるだけだ。

「内緒、とか言ったら拗《す》ねるか？」

「拗《す》ねる」

「はは、だよな。まあ茜ちゃんなりの環境を変える方法を教えてくれたりとか、あとは応援してもらったりかな」

「蒼汰って年下好き？」

「なんでいきなりそういう話になるんだよ⁉　特にそういう趣味はないって！」

「ふーん。まあ、べつにいいけど」

それからは会話らしい会話がなく、いつもの分かれ道に着いた。

「今日はいろいろ助かったよ。それじゃ、また明日な」

「……蒼汰」

別れの挨拶を告げても、乃愛は歩き出さずに真《ま》っ直《す》ぐ見つめてくる。

その表情はなんだかとても不安そうに見えて、蒼汰は胸の辺りが締め付けられるような感覚を覚えた。

「どうした？　何か不安なことでもあるのか？」

つい心配になって、距離を詰めて尋ねる。

すると、乃愛はふるふると首を左右に振った。

「ううん、大丈夫。また明日ね、バイバイ」

「お、おう、じゃあな」

言葉の通り、いつもの乃愛に戻ったように見えて。

先ほどの表情はなんだったのかと気になりつつ、蒼汰はその背を見送るのだった。

[KOIBANA]
KORE wa
TOMODACHI no
HANASHI
NANDA KEDO

[CHARACTER]

夏井《なつい》 茜《あかね》

［性別］女
［学年］高校一年生
［身長］154センチ
［好きなもの］
オシャレ・
甘いもの・カラオケ

オシャレで明るい後輩女子。蒼汰に惚れているらしく、今後もちょっかいをかけるつもり。

第四章　【お試し】バカップルのフリをすれば関係が変わるかも？

これは昔の話。

瀬高《せだか》家に生まれた蒼汰《そうた》と、藤白《ふじしろ》家に生まれた乃愛《のあ》。

同じ幼稚園に通う二人は、物心がついたときから一緒にいた。互いの両親が大学の同期らしく、その子供たちが親しくなるのも必然だった。

「そうたがイジワルしたぁ……」

けれどこの頃、蒼汰はそのヤンチャぶりで何度も乃愛を泣かせていた。

ちなみに乃愛は幼少期から変わった感性を持ち、数学教授である父親の独特な口調を真似《まね》して話すようになっていた。ゆえに、蒼汰以外からは気味悪がられていたようだ。

そうして小学生にもなると、蒼汰はみんなの人気者になった。

片や乃愛は、相変わらず日陰者だった。

『瀬高くんって、どうしていつも藤白さんと一緒にいるの？　やめた方がいいよ』

なんて女子から言われることも多かった。

必然的に乃愛は周囲から距離を置かれそうになっていたが、蒼汰は乃愛のことを輪の中に迎え入れた。このときの蒼汰は、それができるくらいのカリスマ性を持っていたのだ。

しかし、成長していくにつれて、そのバランスは徐々に崩れていく。

二人が小学生の高学年になる頃には、状況はすっかり変わっていた。

乃愛は年齢を経るにつれて、その容姿の可憐《かれん》さにどんどん磨きがかかっていく。ただ綺麗《きれい》になるだけではなく、とても可愛《かわい》らしくなっていた。

そんな乃愛に対し、早めに思春期を迎えた男子は告白をして玉砕。以前にはライバル意識を持っていたはずの女子たちも、精神的に距離を置くようになっていく。

『瀬高くんってすごいよね、あの藤白さんと仲が良《い》いんだもん』

この頃にはそんな風に言われることが多くなり、蒼汰も認識を改めるようになる。

小さい頃は乃愛のことを話し方が独特な、少し変わっているけど可愛《かわい》らしいやつだという認識でしかなかったが、彼女は特別に可愛《かわい》い女の子なのだと理解したのだ。

それでも、蒼汰の根本的なところは変わっていなかった。

周囲からすれば『特別な美少女』も、蒼汰にとっては家族ぐるみで旅行に行くことがある、仲の良《い》い『友達』──もしくは『親友』の一人でしかなかったのだ。

強いて言うなら、妹が近いだろうか。ともかくその程度の認識のまま、初等教育を終わろうとしていた。

だが、状況は一変する。

「――……え、お父さんとお母さんが？」

乃愛の両親が亡《な》くなったのだ。二人を乗せた車が、脇見運転をしていたトラックに追突されたのだという。

訃報を聞いたのは、乃愛が蒼汰の家にいるときだった。

乃愛は泣いた。その場で泣きじゃくった。とにかく泣き続けた。

そうして葬式を終えたところで、乃愛はぽつりと言う。

「――私、一人になっちゃった」

隣でその言葉を聞いた蒼汰は愕然《がくぜん》とした。

ここには自分がいるのに、今も隣にいるのに、乃愛は孤独を感じている。

そのことに蒼汰は、ひどく衝撃を受けていた。

だから尋ねた。

「どうしてそんなことを言うんだよ？　乃愛には俺がいるだろ」

責め立てるような口調ではなく、あくまで疑問を口にした。

すると、乃愛は顔すら向けずに答える。

「蒼汰は、いつか私のもとから離れていくでしょう？　だって蒼汰は、誰とでも上手《うま》くやっていけるから」

その言葉に、一瞬だけ突き放されたように感じた蒼汰だったが、すぐに違うと思い直す。

乃愛の手が震えていたからだ。握り込まれたその小さな手は、微《かす》かな希望を離すまいとしているようだった。

だから蒼汰は、乃愛の手を――その身体《からだ》を後ろから抱きしめて伝える。

「俺がずっとそばにいる、俺が乃愛のそばにいるから」

囁《ささや》くように、けれどしっかり気持ちが届くように伝えた。これは約束であり、誓いだった。

すると、乃愛の身体《からだ》から力が抜けていく。

代わりに、こちらへ向き直った乃愛が抱きついてきて泣いた。

その日は、乃愛の気が済むまで抱きしめ続けていた――。


それから蒼汰は、乃愛のことを何よりも最優先にして生きていこうと決めた。

意識を変えたばかりの頃は溺愛しすぎて、周囲からはバカップルだと冷やかされたものだ。

時を同じくして、乃愛は母方の祖母のもとへと引き取られた。

その『おばあちゃん』には元から乃愛が懐《なつ》いていたのもあって、そこではたくさんの愛を注がれて、みるみるうちに乃愛は元気を取り戻していく。

結果的には蒼汰がそばにいなくとも、乃愛は早々に立ち直っていたのかもしれない。

ただ、それでも蒼汰に後悔はなかった。むしろ乃愛を大切にして過ごす日々に、蒼汰はこれまで感じたことのない充実感を味わっていた。

(……あれ、なんだこの気持ち)

そしてこの頃だろうか。

蒼汰が乃愛のことを、異性として強く意識し始めたのは。

とはいえ、環境が目まぐるしく変化していく乃愛に対して、すぐに気持ちを伝えようとは思わなかった。蒼汰にとって一番大切なのは、あくまで乃愛のそばにいることだった。

それから中学生になった蒼汰は、当然のように乃愛と同じ学校に進学したことで、乃愛の特別さを改めて思い知る。

藤白乃愛は、男子からも女子からも憧れられる存在で。その隣にいても相応《ふさわ》しい存在になるべく、蒼汰は取り柄の一つとして勉学を磨いた。

ただ、乃愛のメッキが剝がれるのは早かった。普段から塩対応というのもあるが、乃愛は人間関係においてはあまり器用な方ではなく――というより、不器用な方だったからだ。

そんな見てくれだけは飛び抜けた美少女と、彼女の近くにいることを誓った蒼汰の関係は、ずっと変わらずに続くものだと思っていた。

ずっと、続けていくはずだったのに。


――――

「――はっ⁉」

ジリリリリ……と鳴るスマホのアラーム音で、蒼汰の意識が覚醒した。

すぐさまアラームを止めて、身体《からだ》を起こしたところでため息をつく。

（久々に昔の夢を見たな……）

夢の内容を詳細には思い出せないが、乃愛との思い出を想起したのだけは覚えている。

おそらくは昨夜のことが影響したのだろう。

別《わか》れ際《ぎわ》に一瞬だけ見せた、乃愛の不安そうな表情。

明確な理由はわからないが、乃愛の『トモダチ』の件も関係している気がする。

未《いま》だにトモダチの正体が誰なのかは確信が持てないものの、おかげで乃愛との距離は縮まっているし、正体云々《うんぬん》については二の次にしていいだろう。

ひとまず今は、乃愛が一人で不安を抱え込まないよう、積極的に向き合っていくことを蒼汰は決めた。

「よしっ」

蒼汰は顔を洗って気持ちを切り替えてから、登校の支度を済ませて早々に家を出た。

◇

蒼汰が教室に入ったとき、乃愛はまだ登校していなかった。

それから少しして現れた乃愛は、何やら真剣な表情をしているように見えた。普段から表情の変化が乏しいので、他のクラスメイトたちは気づいていないようだ。

「おはよう、乃愛」

挨拶を交わしながら、窓際《まどぎわ》の席に着いた乃愛は切実な様子でこちらを見つめてきて、

「……昨日帰ってからいろいろと考えたんだけど、このままだとダメだって気づいたの」

「お、おう」

やはり、乃愛には思うところがあったらしい。自然と蒼汰は姿勢を正してしまう。

これは昨夜、乃愛が不安そうな表情を見せたことについて言及するかと思ったのだが、何やら乃愛はハッとしたのち、

「正確には、トモダチにそう言われたんだけど」

「お、おう？」

ここでもトモダチの話が出てきた。つまり乃愛は、茜に電話かメッセで不安な気持ちを相談したということだろうか。だとすれば、ここからはお決まりのパターンな気がする。

乃愛が自分ではなくトモダチに内心を打ち明けたことに、蒼汰は形容しがたい感情を抱きつつも、ここで張り合っても仕方がないと思い直す。

それに蒼汰だって力を貸せるはずだ。具体的には、これからの相談内容次第だが。

予想通り、乃愛の相談ごとはここからが本番のようで、小さく息をついてから口を開く。

「そのまま話の流れでトモダチに聞かれたんだけど、蒼汰はずっとイチャイチャしているカップル——いわゆるバカップルについてはどう思う？」

そんな話を振られて、蒼汰はリスクリターンを考えてから答える。

「まあ、人目につかないところでイチャつくぶんにはいいんじゃないか？　他人様に迷惑をかけているわけじゃないんだし」

「ふむ」

乃愛はひとしきり頷《うなず》いてみせる。

なんだか嫌な予感がした。この流れだと、やはり実践させられるのだろうか。

いわゆる、『バカップル』というやつを。

……そんな蒼汰の予感は、見事に的中するのである。

三限目の授業は選択科目の美術で、美術室への教室移動をしているとき。

「ヘイ、ダーリン！　むぎゅっ」

そう言って、乃愛が勢いよく抱きついてきた。

「ほわぁっ⁉　いきなりなんだよ⁉」

なんだかよくわからないが柔らかいし、良《い》い匂いもするし、なにより可愛《かわい》いので、蒼汰もされるがままになってしまう。

幸いなことに廊下を歩いている最中で、周囲に人目はない。

ひとまずはホッとする蒼汰に対して、乃愛がムッとしてみせる。

「私がダーリンと言ったら、そっちもハニーって返すのが礼儀というもの」

「いや、いきなりすぎて意味がわからんって……。どういう状況なのか説明してくれ」

「ダーリン、顔が赤い」

「そっちこそ赤いぞ。というか、その呼び方は継続なんだな……」

困惑する蒼汰を見てか、乃愛は仕方ないといった様子でため息をつく。

「今朝に話したはず。現状を変えたくて、トモダチがバカップルを気にしていること。バカップルというものになりきることで、恋愛の真髄がわかるかもしれないから」

この発言で、蒼汰は自身の予感がさっそく的中したことを察する。

「それで乃愛が俺とバカップルのフリをしてなりきろうって？」

「そう。人目がないところなら蒼汰も——ダーリンも良《い》いって言ったはず」

「そりゃあイチャつく分にはギリセーフだが、どうしてアメリカンなノリなんだ……？　普通に抵抗があるんだが」

「海の向こうは性に奔放と聞く。ゆえに、モデリングとするにはベストチョイス」

「イメージが偏ってるなー……しかもなんか、言葉のチョイスもカタコトになってないか？」

「それは気のせい、イマジナリー」

「いやもろに意識してんだろ！　やっぱり無理があるんだって！」

「さっきの『ほわぁっ⁉』は惜しかった。あれが『ホワッツ⁉』なら満点。いずれにせよ、咄《とっ》嗟《さ》の反応であれなら、ダーリンは良《い》い線をいっている」

「そんなことで褒められても嬉《うれ》しくねえよ……」

とはいえ、それで乃愛の気が晴れるならば、少しくらいは付き合ってもいい気がしていた。

もちろん、この腕に伝わる柔らかな感触に抗《あらが》いがたいというのもあるわけだが。

「ということでダーリン、もっと私を可愛《かわい》がって」

「そういう言葉は、もっとデレデレの表情で言ってもらえるとこっちもやる気が出るんだが」

先ほどから乃愛の発言は甘々だが、表情は相変わらずの無表情で、声のトーンも淡々としたままなのだ。……それはそれで、可愛《かわい》かったりもするのだが。

「相手に改善を求めるなら、まずは自分が努力を示すべき」

「はいはい、やればいいんだろ……」

蒼汰はすぅと深呼吸をしてから覚悟を決める。

「……オ、オウ、ハニー、今日も可愛《かわい》いね」

「ぷっ」

「おい、今笑っただろ」

「笑ってないから、続けて？」

「ハニー、笑うのは禁止さ。それよりもほら、アートのレッスンがビギンする前にゴールームしよう」

「ぷぷっ……なんか、蒼汰が言うと芸人さんみたい。それに英語の入れ方も変」

「様にならなくて悪かったな！　そんなに笑うならもう言わないからな！」

「ごめんね？　ダーリン」

ドキッ、と。乃愛から笑顔でダーリン呼びをされ、不覚にも蒼汰の心臓は大きく跳ねた。

（これはこれでアリだな……）

なんて蒼汰は思いながら、ひとまず二人で美術室へと向かうのだった。

午前の授業も終わって昼休み。

「瀬高、ちょっと来て。ついでに藤白さんも」

何やら苛立《いらだ》った様子のやちよから呼び出され、二人は廊下に出る。

「なんだよ、くらっしー。昼飯を食べながらじゃ駄目なのか？」

「ダメ。あんたら、呼び出された理由はわかっているわよね？」

「さっぱりだ。なあハニー？」

「うん、ダーリン。きっとこのお邪魔虫は私たちの仲に嫉妬しているだけだわ」

「そうそれ！　それそれ！　あんたらのそれ！」

「『それ？』」

「あーもうっ！　むしゃくしゃする！　あんたら最初はコソコソとイチャついているだけかと思ったけど、途中からはもろオープンになりすぎなのよ！　クラスのみんなもざわざわするし、はっきり言って迷惑なの！　昨日の夜、わたしと別れてから一体なにがあったわけ⁉」

「まあまあ、落ち着けって。深呼吸したらリラックスできるぞ？」

さすがに半分は冗談で、やちよの言いたいことはわかっているつもりだ。

最初は蒼汰も皆のいる前で、乃愛のことを『ハニー呼び』するつもりはなかった。

だが、欧米風の振る舞いの魔力なのか、言葉を交わすうちに『そんなに周りを気にする必要はないのでは？』という奔放な考えにシフトしていったのである。

よって、乃愛とはハグをしないまでも、皆のいる前で『ダーリン』、『ハニー』と呼び合う状態が続いていた。

「というか、あんたらもしかして付き合ってるの？」

「いや？」

「やっちゃんはおませさん。私たちはただ、バカップルのフリをしているだけ」

「はあ……？　聞いてもわけわからんし、誰でもいいからこの二人をなんとかしてぇ……」

「――なら、あたしに任せてみませんか？」

そのとき、思いがけない闖入者《ちんにゅうしゃ》――茜《あかね》が現れた。どうやら一連の話を聞いていたらしい。

「茜ちゃん？」

「お邪魔虫二号」

「また面倒なのが増えた……」

「あれ!?　後輩がわざわざ二年生の教室まで来たのに、全然歓迎されてない!?」

ごほん、と茜はわざとらしく咳払《せきばら》いをすると、改まって語り出す。

「知ってます？　センパイたちのこと、もう一年生の教室まで噂《うわさ》になって届いてるんですよ。あたしが事の真相を確かめようとやってきたら、案の定なことになっていましたね」

「はあ……？　でも任せるって？」

そのワードが引っかかった蒼汰が尋ねると、茜は得意げになって言う。

「現状をよりよい方向へ持っていくお手伝いです」

「「………」」

三人が揃《そろ》って訝《いぶか》しんだ視線を向ける。

その圧に耐えきれなくなった茜は、むくれっ面で喚《わめ》く。

「なんなんですか！　人がせっかく皆さんのために協力しようとしてるのに！」

「悪いけど、嫌な予感しかしなくてさ……」

「そういうのは思っていても隠すものですよ？　まあいいです、発表しましょう」

昨日の小悪魔めいた表情を思い出す限り、あまり積極的に頼りたい存在ではないのだが……聞かないと一生喚《わめ》いていそうなので、大人しく聞くことにする。

「――ズバリ、蒼汰センパイがあたしとバカップルのフリをすればいいと思うんです！」

「「「…………」」」

再び言葉を失う三人。

取り合うのも面倒だという雰囲気に、しかし茜はめげずに主張する。

「ちなみに、今提案しているのはフリ、あくまで『お試し』です。少女漫画とか、ラブコメ作品ならよくあるじゃないですか、お試しカップルってやつ」

「……もしかしなくてもだけど、やっぱり俺たちのやりとりを聞いていたみたいだな。なら話は早いというか、そのバカップルのフリとやらは現在進行形で乃愛と実施中だぞ」

偶然か、それとも茜がトモダチとして一連の案を乃愛に吹き込んだのかは知らないが、茜は昨日から似たような提案をしていた。実は今の流れも茜の算段通りだったりするのだろうか。

訝《いぶか》しむ蒼汰を意に介さず、茜はどこか満足そうに微笑《ほほえ》んで続ける。

「はい、隅っこでもれなく聞いていましたよ。その上で言いますが、藤白センパイがお試し相手だと、授業中もイチャついちゃうじゃないですか。教室も同じですし。それに環境を変えるって意味では、赤の他人のあたしが介入した方が刺激的になると思いませんか？」

なるほど、考えなしの申し出ではなかったらしい。

確かに茜とは学年が違うし、授業中に顔を合わせる機会はないだろう。それならば、やちよの抱えている問題も解決する。

それに状況を変えたい蒼汰にとっても、刺激が強い部外者の介入は好都合かもしれない。実際に恋人を作るのは勘弁願いたいが、恋人のフリ程度ならギリギリで有りだった。

あとは、乃愛次第というところだが――

「却下。私は反対」

きっぱりと言い切る乃愛。

しかし、なおも茜は折れるつもりがないようで。

「良《い》い機会だと思うんですけどね～。『幼馴染《おさなじみ》に恋人ができた』っていうシチュエーションを、デメリットなく味わうことができるんですよ？　離れた場合、自分の気持ちはどうなるか、相手の反応がどうなのか、そのビジョンも立つと思いますし」

「…………」

「なぁに、全てお試しですよ。失ったときにこそ、大切なもののありがたみがわかる、みたいなことをよく言うじゃないですか。貴重な経験だと思いますけど、あくまでお試しなんで気軽にどうです？　なかなかないと思いますよ、こういう機会は」

まるでやり手のセールスマンのように説得を試みる茜。

仮に茜がトモダチである場合、乃愛はオーケーするべきだろう。むしろ反対する理由がないように思える。

そうでなかったとしたら、『幼馴染《おさななじみ》に恋人ができた』というシチュエーションを知ることが、乃愛自身や乃愛のトモダチにとってどこまでプラスに働くか次第なところだろう。

するとそこで、やちよが左手首につけた腕時計を見てから口を挟む。

「まあ、一理あっていいんじゃない？　昼休みもそんなに残ってないし、藤白さん次第でパッと決めちゃっていいと思うけど」

ここは言い出しっぺの乃愛が折れるか折れないか、結局はそれ次第というわけだ。

なので蒼汰が結論を委ねる意味も込めて視線を向けると、乃愛は不機嫌面でため息をつく。

「…………まあ、お試しに今日だけなら体験してやってもいい」

どうしてだか上から目線で、乃愛は『今日だけ』という条件付きながら渋々承諾した。

すると、茜は嬉々《きき》とした笑みを浮かべる。

「もう午後ですけど、あたしもその条件でいいです。――それじゃあ～、さっそく今から開始ですね、蒼汰センパイッ♪」

「うわっ!?　いきなり抱きつくなって！」

これまで交際経験などない蒼汰は、乃愛以外からのスキンシップにまともな耐性がない。ゆえに、陽キャ系の後輩に腕を組まれるだけで、その心臓はバクバクと高鳴ってしまう。

（なんだこの甘い匂い……それに感触も、いろいろ乃愛とは違うんだな……）

と思った辺りで、ふいに視線を感じたので顔を向けると、無表情の乃愛と目が合う。

その顔は氷のように凍《い》てついていて、なにを考えているのか全くわからなかった。

「もう蒼汰センパイってば、どこ見てるんですかぁ？」

「いや、俺はべつに……」

「でもそんな蒼汰センパイのことも、だぁいすきですよ♪」

「んなっ⁉」

そこで驚愕《きょうがく》の悲鳴を上げたのは乃愛だ。

おそらく茜が口にした『だぁいすき』に反応したのだろう。先ほどの能面はすっかり崩れ、今や口も目もぽっかり開けて固まってしまっている。

「ほらほらぁ、蒼汰センパイもお返しくださいよぉ？」

「……いや、俺は、その……」

「これはまた……まあ、お幸せに」

呆《あき》れた様子で離れていくやちよ。

「まあいいや～、一緒にお昼食べましょ！　お弁当は持ってきてあるので♪」

「ずいぶんと用意がいいんだな……」

乃愛の反応は気になるが、茜が乃愛の『トモダチ』であるなら、これは乃愛の望むことでもあるはずだ。

違うのであれば、やっぱり乃愛が蒼汰を好きだという可能性がぐっと高まる。

（正体は二の次でいいと思ったけど……やっぱりそろそろ、はっきりさせたいところだよな）

トモダチのこともそうだが、乃愛との関係も進展させたい気持ちはあった。

この『バカップルのフリ』が今後にどう影響するのかはわからないが、ここはひとまず本気で取り組んでみようと蒼汰は思い直す。

何よりも、これからの自分たちのために。


「蒼汰センパ〜イ、あ〜んですよ♪」

二年B組の教室にて、前後の机を向かい合わせる形で座る茜がミートボールを『あーん』で食べさせようとしてくる。

「じぃーっ」

周囲の——特に乃愛からの視線が痛すぎて、蒼汰は集中できずにいた。

「ちょっとセンパイ？　ほら、あ〜ん」

「あ、ああ」

茜から箸で差し出されたミートボールを口に含むと、ジューシーな甘みが口いっぱいに広がった。

「お、これ美味《うま》いな」

「よかった～。このミートボールは夕飯の残りなんですけど、あたしが作ったやつなんですよ。今日は食べさせてあげられるタイプのお弁当でラッキーでした」

間近で笑顔を向けてくる茜は、はっきり言って可愛《かわい》い。

これで周囲の男子たちから「どうして瀬高ばっかり……」と嫉妬と羨望《せんぼう》の眼差《まなざ》しを集めていなければ、このラブラブな時間をもう少し楽しめたかもしれない。

ちなみに茜とのことは、やちよがそれとなく説明しておいてくれたらしいので、クラスメイトたちもある程度は理解してくれているはずなのだが。

「………」

遠くで女子グループのランチにまざりながら歯を食いしばる乃愛のように、やはり納得しきれない者も僅かにいるようで。

だが、乃愛に関してはやちよがグループに引き入れてくれたおかげで、なんとかなりそうである。

「ほら、藤白さん。今日はわたしの手作りカレーを少しあげるわよ」

「やっちゃん、ありがと――って、お弁当なのにカレーなの？」

「ん？　そんなに変？」

「なんか小学生のお弁当みたい……」

「うっさいわね……まあ、それだけ文句が言えるなら大丈夫か」

「ねぇねぇ藤白さん、うちらのも食べてよー」

「え、うん……」

そんな風に女子の輪にまざって、乃愛が餌付けされている。

普段の乃愛は昼休みになると蒼汰とお弁当を食べたり、やちよとは違うグループにまざったり、もしくは一人で食べることが多いので、あの光景は新鮮である。

「もぉう、センパイったら。今はあたしとのお昼中なんですよ？」

そばでむくれる茜もやっぱり可愛《かわい》い。

少し申し訳なくなった蒼汰は、自分のツナサンドを一つ差し出した。

「じゃあほら、茜ちゃんにも俺のぶんをあげるよ」

「えっ、マジですか？　やったぁ～！」

差し出したのだが、茜は「あーんって言ってください」とおねだりしてくる。

「あ、あーん」

「あ～んっ――もぐもぐ、んぅ～っ、うまぁ～」

「そこのコンビニで買ったやつだけどな」

「それでも『だいすきな』蒼汰センパイからのあーんですから、めっちゃサイコーですぅ！」

「はは、安上がりだなぁ」

こんな風に、茜は何度も『好き』といった類の言葉を伝えてくる。

それがまた新鮮で、少しこそばゆかった。

「あばばばば……」

「ちょ、ちょっと藤白さん⁉　口からこぼれてるって！」

遠くで口からカレーをぼたぼたとこぼしまくっている乃愛の姿が見えて、蒼汰は思わず腰を浮かせるものの、

「ダメですよ、蒼汰センパイ」

そっと手を添えながら、茜が諭すように制止してくる。

「でも……」

「大丈夫ですよ、子供じゃないんですから。それに、倉橋センパイがついていますし」

「まあ、そうだよな」

そうだ、乃愛はもう子供じゃない。

乃愛だって一人で行動ができるはずだし、蒼汰がそばにいなくたって生きていけるのだ。

昔の誓いは、なにもお互いの関係を縛りつけるためのものではないはずで――

ズキンッ。

そのとき、蒼汰の胸が不自然に痛んだ。

でもそれはすぐに収まって、気のせいだったのではないかと思えてしまう。

「蒼汰センパイ？」

向かいに座る茜が心配そうに呼びかけてくる。

「いや、大丈夫。ちょっと、飲み物を買ってくるよ」

「では、あたしも――」

「平気だから。茜ちゃんは待ってて」

「はい……」

そのまま蒼汰は教室を出て、トイレに入る。

手洗い場で顔を洗い、一度クールダウンした。

その後は自販機コーナーに向かい、自分用に缶コーヒーと、それから茜用にミルクティーを買ってから教室に戻る。

「おまたせ。コーヒーとミルクティーだったらどっちがいい？」

「えー、もらっちゃっていいんですかぁ？　じゃあコーヒーで」

「えっ、ブラックだけど大丈夫？」

「はい。あたしはこう見えても、無糖でブラックを毎朝飲んでる系の女子なので」

それは意外な事実だ。てっきり女子らしい飲み物ばかりが好みかと思ったのだが、人は見かけによらないものである。

「へー、意外だな。俺は勉強に集中したいときとか、ちょっと落ち着きたいときぐらいしか飲まないんだけど」

「あたしも最初は勉強のときだけ飲んでいたんですけど、それがだんだん癖になっちゃって。こういうのもギャップに入りますかね？」

「十分入ると思うよ。そういえば、茜ちゃんって成績はどんな感じなんだ？」

「あたしですか？　まだ入学してからは軽い学力テストしかやってないですけど、総合得点は上から五番目でしたよ～」

「マジか。学年で、だよな？　それって結構すごいじゃないか」

これはまた意外な事実である。完全に偏見で申し訳ないが、この容姿で勉強もできるのは想定外だった。

「ですかね～。あたし、どうしてもこの高校に入りたかったんで、ちょっと頑張りすぎた余波が出ちゃった感じなんですよね。入試もだいぶ余裕でしたし」

「へぇ……」

入試といえば、普段はそこそこの成績をキープしている乃愛が、高校入試だけは学年首席の全教科満点だったことを思い出す。

そのくせ、首席の挨拶では蒼汰が書いてやった原稿を棒読みしていた。おそらく乃愛は勉強に興味がないだけで、本当はすごい才能があるんじゃないかと思わせられたものである。

「蒼汰センパイ？」

「ああ、ごめん。俺もちょっと入試のことを思い出して。でもこの高校って校風が緩い以外だと、吹奏楽部が熱心なことくらいしか取り柄がなかったような気がするけど、どうしてそんなに入りたかったんだ？」

「そういう理由じゃなくて〜。まあ、この辺りはまだナイショってことで」

「はは、なんだそれ」

そこで茜は缶コーヒーの蓋を開けてから、躊躇《ためら》いなくグイッと一口飲む。

その手慣れた感じに蒼汰が見入っていると、茜はきょとんとしてみせた。

「あれ？　もしかしてセンパイ、ほんとはこっちが飲みたかった感じですか？」

「いや、そういうつもりで見ていたわけじゃないけど」

ここで乃愛のように『苦い……』なんて子供じみた反応は返ってこないんだな、と。

ふと、そんなことを思っただけだ。

事前に茜がコーヒーを苦手ではないことを知っていたというのに、なにを期待しているんだか。

（……期待していたのか、俺は）

そこで妙に圧が強い視線を感じて顔を上げると、間近にむすっとした茜の顔が迫っていた。

「わっ⁉　びっくりした。さすがに近すぎるだろ」

「いえ、蒼汰センパイが他の女のことを考えている顔をしていたので」

「そんなこともわかるのか」

「あーっ、否定しないんだぁ」

「ごめんごめん、こっちのたまごサンドも一つあげるから機嫌を直してくれよ」

「えー、あたしもうお腹《なか》いっぱいですよー」

「じゃあ、これならどうだ？」

そう言って、蒼汰は茜の頭を撫《な》でてやる。こういうとき、昔は乃愛の頭を撫《な》でてやったものだ。今はバカップルのフリをしているのだから、これぐらいはいいだろう。

すると、茜は途端に顔を真っ赤にしてしまい。

「やっ、あっ、えっと、あの……」

「うわ、すごい真っ赤だ。もしかして、こういうのは苦手だったか？」

「いえ、大好物でしゅ……」

「でしゅって、はは。面白いな、茜ちゃんは」

思わず笑ってしまうと、茜はさらに耳まで真っ赤にする。

「センパイは、ずるい人です……。（こんなのますます好きになっちゃうよぉ……）」

後半の方は消え入るような声で、ちゃんとは聞き取れなかった。

けれど、なにを言っていたのかはニュアンスだけでも伝わるわけで。

（まずい、やりすぎだったか……。つい、乃愛に接しているノリでやっちゃったな）

そこでふと周囲を見回すと、途端に室内の全員が顔を背けた。……要するに、今まで注目の的だったらしい。

そんなことにも気づいていなかった時点で、案外茜との時間に没頭していたのだとわかって、蒼汰は少し照れくさくなる。

だが、この空間では二人だけが顔を背けておらず。

一人はやちよだ。頭を抱えながら、やれやれといった風にこちらを見つめてきている。呆《あき》れているのが遠目にも伝わってくるほどである。

そしてもう一人は、乃愛だった。目を見開いて、口は酸素を求める金魚のようにパクパクしている。傍目《はため》にも動揺しているのが丸わかりだ。

あんな顔を乃愛にさせていいのかと蒼汰は思うものの、後悔先に立たず。今は目の前の味がしないサンドイッチを、ただひたすらに口の中で咀嚼《そしゃく》し続けた。

食べ終わってからはツヤツヤの顔をした茜と別れて、昼休みはようやく終わりを迎える。

入れかわるようにして隣の席へと戻ってきた乃愛は座る直前、

「浮気者《うわきもの》」

そんな文句を伝えてきてから、ぷいっとそっぽを向くのだった。

◇

「蒼汰センパ〜イ、一緒に帰りましょぉ〜♪」

放課後を迎えると、そんなかけ声とともに茜が教室に現れた。

事前にメッセで『今日の放課後は一緒に帰りましょうね♪』と伝えられていたので、来るのはおおよそ予想できていたことなのだが。

「……あ……あ……」

まだ乃愛には伝えられていなかったせいで、すっかり魂を抜かれたような顔をしていた。

「悪い乃愛、さっきメッセをもらったばかりでさ。今日はそういうことだから……」

「ま、待って蒼汰」

乃愛が縋《すが》るように手を伸ばすものの、茜がその間に割って入る。

「まあまあ、今日だけの辛抱じゃないですか」

「……もう知らない」

すっかり拗《す》ねてしまった乃愛のもとへ、手助けとばかりにやちよが近づいていく。

「ほら藤白さん、わたしたちはこっち。今日はクラスの子たちと新しくできたパンケーキのお店に行こうって話になってるから、一緒に行きましょ」

「やっちゃんは今日だけ味方。映画版でだけイイ奴《やつ》になるパターン」

「誰がジャ○アンだ⁉　というか、いつだってあんたの敵になった覚えはないわよ……。すんすん、てかシャンプーなにを使えばこんな良《い》い匂いになるわけ？」

「それは企業秘密」

「ったくも～」

思いのほか和やかな雰囲気で、二人は先に教室を出ていく。

そこまで乃愛に駄々をこねられずに済んだのも、なんだかんだでやちよが上手《うま》くフォローをしてくれたおかげだ。彼女には今度、ほんとになにかを奢《おご》らなければいけないだろう。

――そう思っていると、ひょいっと乃愛が扉から顔を覗《のぞ》かせてきて、

「バイバイ」

そう言って、再び乃愛は扉の向こうに引っ込んでいった。

「藤白センパイって、ほんとに可愛《かわい》い人ですよねー」

隣で茜がそんな言葉を口にしたのは、校舎を出て駅に向かっている最中だった。

本心からの言葉なのか、声のトーンが低い。

ゆえに、蒼汰は思ったことを尋ねてみることにした。

「茜ちゃんは、乃愛のこと好き？」

「なんですか、その質問。女子にするにはストレートすぎると思うんですけど」

「ごめん。言いたくなければ、べつに構わないんだけどさ」

すると、茜は一瞬だけ間を置いてから答える。

「……好き、だと思います。どちらかといえば、ですが。自分の思ったことに直球というか、一生懸命というか……あの人のことを嫌いになれる人なんていないんですかね」

「そんなに好いてくれているのか。ありがとうな」

「どうしてセンパイがお礼を言うんですか。センパイのそういうところは、嫌いかもです」

どうやら機嫌を損ねてしまったらしい。この辺りの感情の機微というか、そういう女の子らしくて難しいところは乃愛と一緒だと感じる。

「こういうところが保護者面しているっていうのかな」

「そうですよ。藤白センパイだってきっと、そんなのは望んでいません」

「そっか」

「はい。――でも、さっき嫌いって言ったのは訂正します。あんまり聞きたくないってだけで、そういうセンパイの過保護なところもあたしは、その……好き、なので」

ちらと隣を見ると、茜は耳まで赤くして俯《うつむ》いていた。

その気持ちは素直に嬉《うれ》しい。……嬉《うれ》しいのだが。

「ありがとう、茜ちゃん。俺は先輩なのに、茜ちゃんには教えてもらってばっかりだ」

「あたしには何かを教えているつもりも、アドバイスをしているつもりも、ましてや後押しをしているつもりもないんですけどね。ただ、これで少しでもセンパイに恩返しができているのであれば、それでもいいのかな」

「恩返しって？　俺は君に何かしたのかな？」

その部分を聞き逃すはずもなく、蒼汰は気になって尋ねていた。

たしか茜が蒼汰を好きになった理由は一目惚《ひとめぼ》れだとか言っていたが、その後に蒼汰が何かしたのか、あるいは他にも蒼汰が知らない事情があるのか……。

「あー、いえ、こっちの話なんで。言ってしまえば、あたしが勝手に想《おも》っているだけですし」

「やっぱり何かしたってことか」

「ほんとに気にしないでください。あたしの想《おも》いは、いつだって一方通行ですから」

へらっと笑う彼女は、強がっているのがバレバレである。

ただ、それをわざわざ指摘するようなことはしない。彼女自身がそれを望んでいないことが伝わってきたからだ。

パンッ、とそこで茜が手を打ち鳴らした。

そして空気を変えるかのように、からっとした笑顔になる。

「ていうか、蒼汰センパイって藤白センパイのことが好きなんですよね？　もちろん、恋愛的な意味で」

「いきなり直球で尋ねてきたな。したたかというか、そういうところは憧れるよ」

「えっ、今ってもしかして蒼汰センパイの中であたしの株急上昇中ですか⁉」

「あはは」

「ちょっ、今の笑いはなんですー？　だいぶ失礼な感じがしたんですけどー」

「悪い悪い。そうだ、俺たちもなんか食べていくか？　今ならセンパイとして奢《おご》るぞ？」

「わぁ嬉《うれ》しい～――って、露骨に話題を逸《そ》らさないでください！　こういうところはずるいですよね！」

なんとか話を変えようと移動販売のキッチンカーを指差して提案したものの、茜には簡単に見抜かれてしまったようだ。

こういうときに世間の皆様はどういう言い訳を使うのか、ぜひ参考にしたいと思う蒼汰であった。

「ごめんごめん。こういうのって、なかなかやり過ごすのも難しくてさ」

「もぉう、蒼汰センパイってば開き直っちゃって。肝心のセンパイがこんなだと、『友達』的には同情せざるを得ないっていうか、藤白センパイも大変ですよねぇ」

「えっ？」

その瞬間、蒼汰の思考がフリーズする。変わった反応に、茜は不思議そうに小首を傾《かし》げた。

「センパイ？　どうかしました？」

「いや、その、誰が、誰の『トモダチ』だって……？」

「だから、あたしが藤白センパイの友達として心配になるって話で――って、ほんとにどうかしたんですか？　顔、真っ青ですよ？」

茜が心配そうに尋ねてくる。それぐらい、今の蒼汰は取り乱していた。

何せ、茜から乃愛のことを『友達（トモダチ）』と言ったのだ。その衝撃たるや、蒼汰の思考をショートさせるのに十分な威力を誇っていた。

「おーい、センパーイ？」

その声で、ハッと我に返る。ほんの数秒だけ意識が飛んでいたような気がした。

目の前で心配そうに眉をひそめる茜に対し、早く安心させようと笑顔を作ってみせる。

「あ、ああ、大丈夫だ。ちょっと動揺しただけだから」

「はあ……？」

わかっている。先ほどの茜は、ただの友達という意味合いで口にしただけであると。

けれど、それでも意識せずにはいられない。

茜にとっての乃愛は『友達』なのだから、乃愛にとっての茜は『トモダチ』なのかもしれないと。

「センパイ、まだぼんやりしてます？　そんなに藤白センパイに友達がいることが驚きだったんですか？」

「いや、そういうわけじゃないんだけど」

「ですよねー。藤白センパイって、案外友達は多いみたいですし」

「多いかな？」

「多いですよ。お昼は結構クラスの人たちと食べたりしているじゃないですか」

「まあ、そうだけどさ」

確かに、乃愛は時折クラスの女子に誘われて一緒にランチをしている。でもそれだけで友達と言うのだろうか。

穿《うが》った見方だが、それでも乃愛にとっては友達かどうかと言うと、微妙なポジションのような気がした。

（——って、俺が勝手に判断するのも違うんだけどさ）

「もぉう、心配するのもほどほどにした方がいいですよ？　今のセンパイ、マジで世話焼き幼馴染《おさなな じみ》とか兄を通り越して、ただの父親でしたからね」

「はは、そんなだったか」

意図は違うにせよ、『父親』と言われて思い当たる節があるというのも胸に痛いものだ。

そんな話をしながら最寄り駅に到着したところで、少し先を歩く茜がくるりと振り返る。

「もう駅に着いちゃいましたね」

「だな。茜ちゃんは電車通学だっけ？」

「いえ。ですが、ここからセンパイの家とは逆方向なので」

「そうか、じゃあここまでだな。今日はありがとう」

「はい、こちらこそ。センパイとのイチャイチャごっこ、すっごく楽しかったです。機会があれば、またしましょうね？」

その蠱惑《こわく》的な誘いに、少しだけドキッとしてしまったのは内緒である。

「もうしばらくは勘弁願いたいかな」

「またまたぁ〜、満更でもなかったくせにぃ〜」

「はは、それじゃあ気をつけて」

「はーい、センパイもお気をつけてー。ではでは〜」

茜が歩き出すのと同時に、蒼汰もその場を離れようとしたのだが、

「あ、そうだセンパイ」

少し距離が空いたところで、茜が再び呼び止めてくる。

「どうかしたか？」

つられて振り返ると、茜が照れくさそうにしながら声を張って言う。

「あのーっ、さっきはあたしが藤白センパイのことを友達だって言いましたけどー、あっちがどう思っているかは謎なのでー、センパイの方から聞いといてくれませんかーっ？」

見たことのない照れ顔をする茜に対し、蒼汰は微笑《ほほえ》ましい気持ちになりながら答える。

「そんなことは自分で聞けーっ。きっと大丈夫だから、自分の気持ちも伝えるんだぞーっ」

「センパイのケチー！」

「ケチで結構だー！　それじゃあな！」

そう言って手を振りながら、蒼汰は歩き出す。

ちらと後ろを見遣《みや》ると、スキップを踏む茜の背中が見えた。

今のやりとりを理由にすれば、乃愛に茜が『トモダチ』かどうかを上手《うま》く聞き出すこともできるかもしれない。

ただ、そんなことをするはずもない。こういうことは上手《うま》く聞き出すにせよ、自分を担保にした方法で実行するべきだろう。

「あの感じだと、乃愛はまだ外かな」

スマホをいじって、『こっちは駅前にいるけど、今どこにいる？』と打ったところで、文章を削除する。

せっかく乃愛はクラスメイトたちと楽しく遊んでいるかもしれないのだ。ここで蒼汰がメッセを送って、その空間に水を差すのもよくないだろうと思い直したのである。

「一人で帰るのも久々だな」

そんなことをぽつりと呟《つぶや》いてから、蒼汰は帰路に就くのだった。

◆　◆　◆

その夜。

「はぁ～あ……」

乃愛は一人、自室でため息交じりに寝返りを打っていた。

まだ寝るには早い時間なので、部屋でゴロゴロとしながらいろいろ考え中である。

放課後、クラスの女子たちと行ったパンケーキ屋のはちみつパンケーキは絶品だった。

だが、それはそれ。乃愛の気分はやはり優れない。

悩みの原因はもちろん、蒼汰のことだ。

もっとも、蒼汰だけではない。蒼汰と、その周囲の女子たちが関係する。

「……やっちゃんは、やっぱり怪しい」

思わずぼやく。

パンケーキ屋では女子会的な感じで、ガールズトークに花が咲いた。

主題はもちろん、参加すること自体がレアな乃愛の話である。

そこで乃愛は蒼汰への気持ちやら、恥ずかしいアレコレを根掘り葉掘り尋ねられたのだが、
そのほとんどを『ノーコメント』や『乙女のヒミツ』といった防衛術でやり過ごした。

そして矛先を変えるべく、乃愛は反撃としてやちよに話を振ったのだが、

『わたしが恋愛？　ないない、そんなことしてる暇ないし。部活とバイトで手いっぱいよ』

だったり、

『瀬高のことをどう思うって？　不器用な弟……ううん、あんな弟イヤだな。捨てられた子犬……いや、犬に失礼か。まあやっぱり、なんとなく放っておけないクラスメイトでしかないかな。それは藤白さんもおんなじなんだけど』

だったり、

『あー、でもあいつって見てくれだけはそれなりだよね。おまけに頭も良《い》いし、家事もできるっぽいし、さりげ高スペックなところが腹立つわー。――って、どうしてあんたらニヤニヤしてるのよ。わたしが男子を褒めるのがそんなに珍しいってわけ？』

……そうやって興味がない風を装《よそお》いながら、そのじつ蒼汰をべた褒めしていた気がする。

おまけに、そのときのやちよは頰まで赤らめて――

「――は、なかったかもしれないけど、とにかく怪しいことこの上ない」

なにより乃愛を除けば、蒼汰と日頃長く話しているクラスメイトは間違いなく彼女だ。やはり警戒しておくに越したことはない。

ただまあ、やちよが蒼汰のトモダチかもしれないと思い始めた昨日よりかは、疑念が曖昧になったのも事実だ。蒼汰もやちよには、あまりドキドキしていないように見えた。

それより、目下の問題はこちらの方だ。

スマホを確認すると、先ほど茜から届いたメッセの本文が表示される。

『明日からは蒼汰センパイのこと、ひとまずお返ししますね♪　ごちそうさまでした☆』

「……ごちそうさまでしたって何？　ムカつく、ムカつくムカつくムカつく……」

でも、何よりもムカつくのは、こんなことで後ろ向きになっている自分自身だ。

今日、蒼汰と茜がイチャついているところを見せられて、そして二人が一緒に帰ろうとする光景を見て、久々に思い知らされたことがある。

——蒼汰の隣は、乃愛じゃなくてもいいということ。

やっぱり蒼汰は誰が相手でも優しくて、その笑顔は眩《まぶ》しくて。

そんな蒼汰と接する茜も幸せそうで、蒼汰を求めているのは自分だけじゃないことも、改めて思い知らされた。

それにやちよたちと放課後に女子会をしたことで、乃愛自身にも蒼汰と一緒にいなくて成立する時間があることを実感した。

その時間は、空間は、予想していたよりも遥《はる》かに普通で、それが逆にやるせない切なさを感じさせた。

「いつかは蒼汰も、やっぱり私の前からいなくなっちゃうの……？」

ぽつりとこぼれたのは、そんな言葉。

両親はある日、突然いなくなった。

乃愛にもわかっている。事故は仕方がないことだって。

でも、目の前からいなくなるのなら――離れてしまうのなら、それは同じことだ。

悲しみに暮れたあの日、蒼汰はずっとそばにいると誓ってくれたけれど、その言葉一つで縛りつけているだけなんじゃないかと、時々思うことがある。

けれど、もうすでに『蒼汰がいなくなる』なんてことを口に出したこと自体を後悔している自分がいる。

そんな日々が続くことを想像するだけで辛《つら》くて、苦しくて、今にも泣き喚《わめ》きたくなってしまう。

だけど、それによって蒼汰を縛りつけるのが正しいのかというと、やはり違うだろう。

そんな当たり前のことを今さら実感させられて、乃愛はひどく自己嫌悪《けんお》に陥っていた。

「……こういうとき、トモダチは助けてくれない」

それも当たり前だ。

なぜなら、『トモダチ』なんてものは空想上の存在で。

今や乃愛にとっては志を同じくする分身のような存在ではあるものの、やはり分身は分身でしかないのだ。

「蒼汰……」

部屋の机に飾ってある、蒼汰との写真を眺めながら名前を呼んでみる。

写真にうつる蒼汰は、小学生のときには無邪気に笑い、中学生や高校生のときには照れくさそうに微笑《ほほえ》んでいる。

そして乃愛は、どの写真でも蒼汰の隣で仏頂面《ぶっちょうづら》を浮かべていて……そんな自分の姿を見て、小さくぼやく。

「いつも素直になれない私……ほんとに、かわいくない。これは蒼汰が愛想《あいそ》を尽かすのも時間の問題かも……」

そんな風に自己嫌悪《けんお》を深めながら、乃愛は再びため息をつくのだった。

第五章【告白】やっぱり伝えたいこのキモチ

あれから数日が経《た》った。

この頃の乃愛《のあ》はというと、至って平常運転だった。

いや、ここ最近の傾向と照らし合わせると、些《いささ》か想定外の状態かもしれない。

それぐらいに、乃愛は『普通』だった。

「おはよう、蒼汰《そうた》」

「ああ、おはよう乃愛」

朝に教室で会えば挨拶もするし、休み時間は他愛のない話もする。それに放課後はこれまで通り、一緒に下校している。

ただ、前みたいに乃愛がベタベタしてくることはなくなった。それにどこか余所余所《よそよそ》しいような気もする。やちよには逆に心配されてしまったくらいだ。

「……あのさ、もしかして怒ってる？」

ゆえにその日の帰り道、いつもの河川敷《かせんじき》に差し掛かった辺りで、蒼汰は思いきって尋ねてみた。

すると、乃愛は小首を傾《かし》げてみせて、

「どうして？　べつに怒ってないけど」

「ならいいんだけどさ。——そういえば最近は、その、トモダチの様子はどうなんだ？」

「トモダチは音信不通」

「えっ、喧嘩《けんか》でもしたのか⁉」

「喧嘩《けんか》……とは違うけど、似たような感じかもしれない」

なるほど、それなら乃愛の様子がどことなくおかしいのにも納得がいく。ついでに言えば、乃愛と茜《あかね》の関係を比喩的に言い表すと、そういう表現にもなるのかもしれない。何せここ最近、茜は教室に姿を見せないからだ。

「そ、そうか。乃愛と真っ向から喧嘩《けんか》するなんて、そのトモダチがどんな相手かますます気になるな」

「…………」

ここでいつものように『トモダチについてはノーコメント』だとか『追及は禁止』みたいな反応が返ってこないのは寂しい。それにどこか申し訳なさそうにしているのが引っかかった。

「俺じゃ、力になれないか？」

「ごめん」

「いや、責めているんじゃないぞ。ただ、ちょっと最近変わったなと思っていたから、なにか困っているなら力になりたいだけで」

「………」

「そうだ、もうすぐ連休だろ。どこか行きたいところとかはないか？」

気晴らしに遠出をするのもいいかもしれないと思ったのだが、乃愛の表情は曇ったままで。

「……蒼汰だって、変わった」

「俺が？　そうかな？」

「前みたいにうちに泊まっていかなくなったし、お風呂《ふろ》だって一緒に入らなくなった」

「そ、そりゃあ、俺たちも成長したからな。というかいくら幼馴染《おさななじみ》とはいえ、この歳《とし》で男女が一緒に風呂《ふろ》に入っていたら、それはそれで問題だろ」

「私はべつにいいのに」

「………」

今度は蒼汰が黙り込んでしまう番だった。

何せ、乃愛が言うことは明らかにズレている。乃愛は身長こそ小柄な方だが、胸は豊かに育っているし、身体付《からだつ》きは十分女の子らしくなっている。そんな彼女が、蒼汰と風呂《ふろ》に入ってもいいと言っている。年頃の男子としては、動揺してしまうのも無理はなかった。

そこで返答に困る蒼汰を見て、乃愛はぼそりと呟《つぶや》くように言う。

「蒼汰もやっぱり、いつかはいなくなっちゃうんでしょ」

——蒼汰『も』やっぱり、いつかはいなくなっちゃう。

乃愛の言葉に、蒼汰の胸はきゅっと締めつけられる。

彼女はきっと、両親を喪《うしな》ったことと重ねているのだろう。同じように蒼汰が自分の目の前からいなくなることを恐れているのだとわかった。

だから咄嗟《とっさ》に、蒼汰は乃愛を後ろから抱きしめていた。

「いなくなるはずないだろ。俺は約束したはずだ、乃愛のそばにずっといるって」

「……信じられない」

「なら、どうすれば信じてくれる？」

「……言いたくない」

きっと、これまでの積み重ねが彼女に孤独を意識させてしまったのだろう。

それをなんとか取り除きたくて、蒼汰は必死に頭を働かせる。

「じゃあ……そうだ、今日はそっちに泊まっていくよ」

「明日も学校があるし、現実的じゃない」

「なら、連休中は泊まらせてもらう。ばあちゃんにも許可を貰《もら》ってさ。一緒に徹夜でゲームとか、とにかく昔やったみたいなことをいっぱいやろう。——だめかな？」

すると、乃愛の顔にみるみる生気のようなものが戻っていくのがわかった。

「そ、蒼汰が、そうしたいならいいけど」

「おう、じゃあ決まりだ」

「うん」

そこで乃愛が手を握ってくる。

とてもわかりやすい、乃愛なりの甘えかただった。

こういうところが放っておけなくて、たまに弱いところを見せられると、蒼汰の中の気持ちが疼《うず》くのだ。

――この子をずっとそばで守ってやりたい、と。

◇

ゴールデンウィークという名の大型連休前、その最後の平日。

「あんまり言いたくないけど、ハメを外しすぎないようにね」

放課後を迎えたところで、やちよが釘《くぎ》を刺すように言ってくる。

教室で皆が浮かれてはしゃぐ中、一人だけ冷静なのはさすがの委員長だ。

ちなみにHRが終わるなり、乃愛は蒼汰のもとにまるで親コアラにくっつく子コアラのようにしがみついてきた。そんな二人の姿を見たからこそ、やちよは心配そうに言うのだ。まさにやちよは保護者か教師、もしくはクラス委員の鑑《かがみ》である。

「まかせてやっちゃん」

「いやあんた、その体勢で言われても説得力が皆無なんだけど」

「まあ俺がいる限り、そう悪いようにはならないだろ」

「そっちはそっちで、その自信がどこから湧いてくるのかさっぱりわからないんだけど……」

そんなやりとりを教室でしていたら、ご無沙汰だった茜がひょっこり現れる。

「あーっ、やっぱりイチャついてるー。まったくもう、しょうがない人たちですねー」

「よう、そっちは久々じゃないか。元気にしてたか？」

「いや、なんですかその親戚のおじさんみたいなセリフは。だいたい、そういうのって普通は連休明けに言うものじゃありません？」

「しょうがないだろ、お前がしばらく顔を見せなかったんだから」

久々の軽いやりとりを交わしていると、乃愛がやれやれといった風にため息をつく。

「茜はきっと反省していたんだと思う。学校という公共の場で、人目をはばからずに公然とイチャイチャしてしまったことを」

「いやどの口が言いますか。さすがに現在進行形でコアラプレイしている藤白センパイにだけは責められたくないですよ。（……人が気を遣ったらすぐこれだもんな、まったくもう）」

「フッ、私は幼馴染《おさななじみ》としての特権を行使しているにすぎない」

「幼馴染《おさななじみ》にそんな特権はないけどなー」

いいかげん、周囲の目も痛いので乃愛を引き剝がすと、むすっとしながら見つめられる。

「そんなに周囲の目が気になるなら、早く帰ることを提言する」

「はいはい、そうしますか。それじゃ、二人ともまたな」

「バイバイ」

「ええ、せいぜい連休を楽しみなさい」

「センパイがた、また連休明けでーす」

意外なことに、茜までもがあっさり見送ってくれた。てっきり、『あたしとも連休中に遊んでくださいよー』などと言い出すかと思ったのだが、どういう心境の変化だろうか。

(もしかして、俺のことを諦めたとか？　まあ、そこは俺が考えることじゃないか)

諦めたのであればそれでいい、と割り切って考えることにする。今はそういう時期だ。

そうして乃愛と学校を出て、いつもの分かれ道に着く。

「んじゃ、俺はいろいろ泊まりの準備をしたら、そっちに行くから。家を出る前に一度連絡する」

「わかった。全力でお待ちしている」

「はは、普通でいいって」

見るからに、乃愛がワクワクしているのが伝わってくる。

だがそれは、蒼汰も同じだった。

今は一旦、乃愛への恋愛感情がどうとかは保留にしておくつもりだ。

それよりも、まずは乃愛と一緒にいる時間を大切にする。そのことにリソースを割きたいからである。

そうして乃愛とは一旦別れ、自宅に戻って泊まりの支度をする。

ボストンバッグに着替えやら必要な物を詰めて、家にあったお菓子類も持っていくことにした。

両親には事前に泊まりのことを伝えてあるし、これから連休の間、乃愛の家で過ごす準備は万端だ。

「よし、行くか」

そんな風に意気込んでから家を出る。

これから好きな女の子の家に行く、という心づもりではない。

あくまで、幼馴染《おさななじみ》の乃愛の家に泊まりに行くというだけである。

そう考えれば、ドキドキよりもワクワクの感情の方がずっと強かった。

——到着するまでは。

ピンポーン。

乃愛の家のチャイムを鳴らすと、ドタバタと足音が聞こえてきて、カチャリと鍵が開いた。

「どうぞ」

そんな声が聞こえたのだが、玄関の戸を開けてはくれないらしい。

不思議に思いながら引き戸を開けると、玄関にはエプロン姿の乃愛が待っていて——

「おかえりなさい、あなた」

何やら意味深なセリフとともに迎えてくれた乃愛は、いつも部屋着にしている猫耳パーカーの上にエプロンを着用していて、やたらと家庭的な印象を与えてくる。

「お、おう乃愛。来たぞ」

この時点で嫌な予感はしていたのだが、

「それじゃあご飯にする？　お風呂《ふろ》にする？　それとも、ワ・タ・シ？」

やはりというか、定番の新妻台詞《ぜりふ》を淡々と口にされて、蒼汰は反応に困ってしまう。

「とりあえず、ご飯の前に荷物を置かせてもらってもいいか？」

「蒼汰のいけず。頑張ったのに全然乗ってくれない」

「当たり前だろ！　どうして幼馴染《おさななじみ》の家に遊びにきたのに、いきなり新婚ごっこをしなくちゃいけないんだよ！」

「……なるほど。蒼汰はいけずというか、照れ屋さん？」

「なんとでも言え」

バクンバクンバクン……。

などと言いつつも、蒼汰の胸の鼓動は高鳴っている。

うっかり『じゃあ乃愛で』と答えそうになったが耐えきった。若干危ないところだった。

すでに乃愛の気持ちは切り替わったのか、蒼汰の荷物を半分持って二階に上がっていく。

「蒼汰の荷物は、向かいの部屋に置く」

ここで言う『向かいの部屋』は、乃愛の部屋の向かいにある、客間として用意されている部屋のことだ。一階にも一部屋あるのだが、そちらは完全に物置と化している。

「いつもこっちを使わせてもらっていたもんな」

「でも、寝るのは私の部屋を推奨する」

「は？」

「これから蒼汰は私と一緒に寝るってこと。幼馴染《おさななじみ》ならおかしいことではないはず」

いや、聞こえている。聞こえているからこそ、驚いているのだ。

そのまま客間に蒼汰の荷物を置いてから、乃愛は向き直ってきて言う。

「これはほぼ決定事項。蒼汰がよほど嫌がらない限り、一緒のベッドで寝ることになる」

乃愛はあっけらかんとした顔で平然と言うものの、頬がほんのりと赤くなっているので、実は照れているのが丸わかりである。

そのことが、蒼汰の鼓動を余計に速くする。

「いや、その……さすがにまずいだろ、いろいろと。せめて敷《し》き布団《ぶとん》を用意するとか――」

「あ、そうだ。おばあちゃんにも顔を見せてあげて」

「それはもちろん見せるけどさ……」

タタタ、と乃愛が軽快に階段を下りていく。

仕方がないので、その後に続いた。

「おばあちゃん、蒼汰が来た」

「どうも、お久しぶりです。しばらくお世話になります」

台所に立つ乃愛の祖母に挨拶をすると、にっこりとした笑顔を向けられた。

乃愛の祖母は朗らかで優しい、温かい雰囲気の人だ。乃愛とは少し違ったタイプである。

「よくきたねぇ、そうちゃん。やっとのんちゃんの婿さまになってくれる気になったかい」

「あはは、それはまだ……」

「うふふ、冗談だよ。自分の家だと思ってくつろいでくれていいからね」

「うん。ありがとうな、ばあちゃん」

こんな風に乃愛の祖母と顔を合わせていると、昔を思い出す。

幼少の頃の乃愛はこの家では暮らしていなかったが、よく蒼汰も一緒に遊びにきたものである。その度にお菓子やらご飯やらで歓迎してくれて、まるで実家に戻ってきたような気持ちを蒼汰まで味わえたものだ。

「そうそう、のんちゃんは別嬪《べっぴん》さんになったでしょう」

のんちゃん、というのは乃愛の愛称で、蒼汰はそうちゃんというのが昔からの呼び方だ。

ちなみに『別嬪《べっぴん》さん』というのは、とても美しい女性を指す言葉である。今の乃愛にはうってつけとも言える。

とはいえ、これも来る度に訊《き》かれるものだから、今までは言葉を濁すことも多かったが、

「まあ綺麗《きれい》になったというか、昔よりも美人になったとは思うかな」

「ふぉっ、ふぉっ。大きくなったねぇ、そうちゃんも」

ここでそんな風に言われると、まるで昔は素直じゃなかったみたいで照れくさくなる。

「うぅ、おばあちゃんも蒼汰も本人がいる前でなに言ってるの。恥ずかしいからやめて」

このように、乃愛もおばあちゃんにはタジタジなのである。

「そうそう、今晩はお漬物と煮物に、あとそうちゃんの大好きな親子丼だからね」

「やった！　俺あれ好きなんだよなぁ」

「蒼汰の胃袋は、子供の頃からおばあちゃんに鷲掴《わしづか》みにされている……」

「仕方ないだろ、好きなんだから」

「う、うん」

どうしてだか、乃愛が顔を赤らめてモジモジとする。

まさか、今の『好き』という単語に反応したのだろうか。

「今日からそうちゃんも、のんちゃんの部屋で寝るんだろう？　お布団《ふとん》はいるかい？」

「いらない」

「いや、お願いします！」

なんとも有り難《がた》い申し出だ。隣の乃愛は不服そうに見える通り、同じベッドで寝るというのは本気だったらしい。

危ない危ない。そんなことになれば、蒼汰の理性がどうなることか……。

（いやほんとに、どうなるんだ……？　俺は、そうなったとき――）

「蒼汰」

名前を呼ばれて顔を向けると、乃愛がむすっとして立っていた。

「な、なんだよ」

「お布団《ふとん》を持っていくなら、蒼汰が持っていって。重いから」

「はいはい」

その前に乃愛の両親と、そして祖父の仏壇にお線香をあげてから軽く挨拶をする。

「パパもママも、きっと喜んでる」

乃愛が嬉《うれ》しそうに呟《つぶや》いたのを、蒼汰は聞き逃さなかった。

干したての敷《し》き布団《ぶとん》とかけ布団《ぶとん》を庭から二階まで持っていくのは、少々大変ではあったものの、蒼汰に持っていかないという選択肢はなかった。

「乃愛、戸を開けてくれ」

布団《ふとん》を抱えながら蒼汰が言うと、乃愛は部屋の引き戸を開く。

そこにはファンシーなぬいぐるみやクッションが至るところに並び、床はピンクのカーペットが敷かれたザ・女の子の部屋といった光景が広がっていた。

初めて入った者は、まさかここが元々畳の敷かれた和室だとは思いもしないだろう。

「ようこそ、マイルームへ。久々の女の子の部屋に蒼汰もドキドキ間違いなし」

「だなー、ここに布団《ふとん》置くぞ。——よっこいしょ、と」

「よっこいしょって、掛け声がおじさんみたい」

「いいだろ、べつに。幼馴染《おさなな　じみ》の部屋でいちいち気を遣ってられるか」

床の空いているスペースに布団《ふとん》を下ろして、そのままクッションの上に座り込む。

それにしても、改めて見るとなかなか凝ったインテリアが並んでいる。変な巨大ぬいぐるみもそうだが、よくわからない造形の置物なんかもあったりする。どれも乃愛の私物なのだと思うと、やっぱり彼女も女の子なのだと実感させられるような気がした。

「蒼汰、じろじろ見すぎ。ちょっと恥ずかしい」

「その恥じらいがあるのに、どうして一緒に寝ようとか言い出すかね」

「同衾《どうきん》だけに、ドッキドキ」

「うわ、うぜえ……」

と言いつつ、蒼汰も多少ドキドキしていた。

このままじゃダメだと思い、蒼汰は自身の両頰を軽く叩《たた》いて気持ちを切り替える。

「それで、さっそくなにしようか？　エプロンをつけてるってことは、もしかしてばあちゃんの料理を手伝っている最中だったか？」

「ううん、これは新妻エプロン的な意味合いで着用していたに過ぎない」

「あぁ、そうですか」

聞かなきゃよかった気がする。

「蒼汰には、なにか希望はあるの？」

「いや、特には。そっちに希望があるならお任せするぜ。ゲーム用にお菓子も持ってきたけど、夕飯前だから今はダメだぞ」

「それじゃあ——」

乃愛は頰を赤らめつつ、さっと視線を逸《そ》らして言う。

「まずはお風呂《ふろ》に入りたい」

「いいぞ、ならお先にどうぞ」

「違う、蒼汰も一緒に」

「ああ、一緒にお風呂《ふろ》な。——ん？」

ん？

頭の上に疑問符を浮かべながら、蒼汰は乃愛の方を見遣《みや》る。

すると、乃愛は相変わらず頬を赤く染めたまま、視線を合わせずにいた。

「いやいやいや、確かに昔は一緒に入ったこともあったけどさ！　さすがにまずいだろ!?」

遅れて動揺する蒼汰に対し、乃愛は引くつもりがないようで。

「蒼汰は、イヤなの？」

「イヤとか、そういう話じゃなくて……あ、これもトモダチの話のせいか？」

「トモダチは関係ない。音信不通と言ったはず」

「じゃあ、どうしてそんな……」

「昔は一緒に入っていたから。私は、幼馴染《おさななじみ》の絆《きずな》を確かめたい。……それでも、ダメ？」

そう言われては、今の蒼汰が無下に断れるはずもない。

確かに『ただの幼馴染《おさななじみ》』が相手であれば、それほど気にすることでもないのかもしれない。

……いや、常識的には間違いなく、この年頃の男女は幼馴染《おさななじみ》であろうと一緒にお風呂《ふろ》には入らないわけだが。

そんな風に一般論と幼馴染《おさななじみ》の間で葛藤する蒼汰を見ても、乃愛の気持ちは揺らぐことなく。

「私が先に入るから、蒼汰は五分後に入ってきて」

乃愛はそう言い残して、勇み足で部屋を出ていった。

「え、ああ……」

そうして半ば強引に乃愛から押し切られる形で、一緒に入浴をすることになるのだった。

「……し、失礼します」

五分後、蒼汰は言われた通りに浴室の戸を開けた。

すると、浴槽の片側半分には体育座りで背を向けて固まる乃愛の姿があった。

その姿を見て、蒼汰は生唾を飲み込む。

艶《つや》やかな黒髪をアップにまとめているからか、白い肩やうなじが露《あら》わになっていて、とんでもない色気を放っているように感じる。

さらに視線は、吸い寄せられるように一点へ向かう。

何せ、たわわに実った大きな果実の上部が湯船に浮いてしまっているのだ。男として、この絶景に目を奪われないはずがなく……。

「蒼汰も早く入ったら？　立ったままだと風邪引いちゃう」

「は、はいっ」

唐突に声をかけられたので、蒼汰は素っ頓狂な声を出してしまう。

ひとまず蒼汰もかけ湯をしてから、湯船に浸《つ》かることにする。

ちゃぷん、と音を立てて入ると、狭い浴槽からはお湯が溢《あふ》れた。

「……ふぅ」

蒼汰の口から息がこぼれる。

ついに乃愛と同じ湯船に浸《つ》かってしまったわけで、妙な罪悪感が生まれてくる。

「ねぇ」

「ん？」

「どうして蒼汰まで背中を向けてるの？」

「………」

乃愛の指摘通り、蒼汰もまた背中を向けて体育座りの姿勢を取っていたのだ。

つまり今、二人は背中合わせで湯船に浸《つ》かっている状態である。

現状はあまりにも不自然というか、普通は蒼汰の方が乃愛を抱きしめる形で入るのが正しい混浴なのだろうが、そんな度胸が蒼汰にあるはずもないわけで。

と、そうこうしているうちに背中が触れ合って——

「ひゃうんっ⁉」

乃愛が悲鳴にも似た声を上げた。

その色っぽさに、蒼汰のいろいろな感情が昂《たかぶ》ってしまう。

「へ、変な声を出すなよ……」

「いきなり触る蒼汰が悪い」

「べつに、触るってほどじゃなかっただろ……」

互いの素肌が触れ合ったことで、鼓動は早鐘のように高鳴っていく。

「「………」」

二人の間には沈黙が続く。

正直、気まずい。こういうとき、なにを話したらいいのかさっぱりだ。

混浴するには狭い浴槽だが、身を屈《かが》めれば、なんとか背中が触れ合わずに済むのだけが救いと言える。

「……それじゃ、俺はそろそろ」

「待って、さすがに早すぎ――ひゃあっ、いきなり立ち上がらないで！　あと少なくとも百は数えないとダメ！」

蒼汰は一度立ち上がったものの、指摘されたので入り直した。

確かに乃愛の言う通り、さすがに早い。まだ蒼汰が入ってから数分ほどしか経《た》っていないからだ。

頭の中で百までのカウントを始めながら、蒼汰はふと疑問に思ったことを尋ねてみる。

「なあ、乃愛はこれでほんとに幼《おさな》馴《じ》染《み》の絆《きずな》とやらを確かめられるのか？」

「イイお尻だった」

「おい聞いてるか？　というかさりげなくケツを見てるんじゃないよ、えっちだな」

「えっちじゃない、蒼汰が見せてきた。私だって緊張してるのに、蒼汰はデリカシーに欠けすぎている」

「乃愛も緊張してるんだな」

「当たり前。お互いもう高校生だし、おし——身体《からだ》も成長しているんだから」

「もうお尻のことは忘れてくれ。こんなことなら、タオルでも巻いておくんだったな」

「ぶくぶくぶく……」

「さては潜ってごまかしやがったな」

と思って振り返ると、乃愛は口元だけを湯に浸《つ》けてぶくぶくしていた。

「なんかそうしているのを見てると、乃愛が昔お湯に顔をつけられないって言って、泣いていたのを思い出すな」

「泣いてない。ちょっと苦手だっただけ」

「まあ、今はすっかり平気みたいだけ、ど……」

もう一度顔を向けた際、乃愛の谷間が視界に入ったことで、蒼汰の目は釘付《くぎづ》けになってしまう。

ごくり。

その煽情的《せんじようてき》な光景に、蒼汰は再び生唾を飲んでしまう。

「蒼汰、目がやらしい」

「しょ、しょうがないだろ、俺も男なんだからっ」

「そう言って、蒼汰は欲望を爆発させるのだった……」

「変なナレーションを付けるな！」

「あいたっ」

ぴしっと頭頂部にチョップをお見舞いして、今度こそ湯から出るべく立ち上がる。

「百は数えたからな。これから身体《からだ》を洗うから、こっちは見るなよ」

「それだと一緒に入っている醍醐味《だいごみ》の半分を失ってしまう。背中ぐらい洗わせて」

「いや、タオルとか持ってきてないしさ……」

「大丈夫、意識をお尻に集中させるから」

「それ何も大丈夫じゃないんだが⁉」

そうして結局、身体《からだ》は自分で洗って。

乃愛が身体《からだ》を洗い始めるのは、蒼汰が浴室を出てからとのことで、一足先に脱衣所に出る。

「……はぁ、疲れた」

ため息交じりに独り言をこぼしながら、蒼汰はバスタオルで身体《からだ》を拭いていたのだが。

「──あわっ⁉」

浴室から素っ頓狂な悲鳴が聞こえてきたかと思えば、どてーんと大きな物音がした。

「お、おい、大丈夫か？」

心配になって声をかけるが、あちらからの返答はない。

「乃愛？　ばあちゃん呼ぶか？」

「い、いひゃい……」

このままでは埒《らち》が明かないし、頭を打っていたりしたら大変だ。

「ああもうっ、開けるぞ？」

できるだけ中を見ないよう心に決めて、浴室の扉を開く。

すると、中には泡まみれで尻もちをつく乃愛の姿があって……かろうじて、泡で大事な部分が隠れている状態になっていた。

「えーっと、これはどういう状況なんだ……？」

「へ、蒼汰……？」

こちらに気づいた乃愛と目が合って、そのまま視線が下にいく。

真っ白な柔肌と、小柄な割に豊満なバストが露《あら》わになっていて——

はらり。

固まる蒼汰が下半身に巻いていたバスタオルが落ちて、乃愛の視線も下に向かう。

「は……はにゃあああぁ〜〜〜っ!?」

そんな悲鳴が浴室に響き渡って、我に返った蒼汰は勢いよく扉を閉めるのだった。

「見られた見られた……でも、見ちゃった見ちゃった見ちゃった……」

入浴後、お互いに部屋着に着替え終わってから居間に集まったのだが、おさげヘアーになった乃愛は何やらブツブツと呟《つぶや》いていた。

まあ、ショックだったのはわかる。蒼汰だって先ほどの光景が目に焼きついて離れないくらいだし、正直眼福ではあった。もちろん、見られてしまったのも気になっているが。

「そうちゃん、麦茶をどうぞ」

「あ、ありがとう、ばあちゃん」

キンキンに冷えた麦茶入りのコップをもらって、それをぐいっと一息に飲み干す。

「ふはぁ～、生き返った。乃愛は飲まないのか？」

水分補給を済ませたことで落ち着いてきたので、蒼汰は思いきって声をかけてみる。

すると、乃愛はハッと我に返った様子で、蒼汰のことをチラチラ見ながら距離を取る。

「風呂上《ふろあ》がりなんだから、ちゃんと水分補給はしとけよ」

「蒼汰のえっち。成長しすぎ」

「時間差で言うなよ!?　というか、成長しすぎはお互い様だろ！　……そ、それに、ドジっ子スキルを発動するのも大概にしろよな！　普通は自分の家の風呂《ふろ》でコケないだろ！」

「あ、あれはっ、身体《からだ》を洗い始めたときに、ふと蒼汰が脱衣所にいるなって意識しちゃって、今入ってこられたらどうしようかとか考えちゃったせいで……っ」

何やら乃愛が可愛《かわい》い自爆発言をしている気もするが、今の蒼汰の頭の中には『あわわ～』と全裸であわあわする乃愛の姿が思い浮かんでいるせいで、全然耳に入ってこない。

「ちょっと蒼汰、聞いてるの？」

「…………まあ、全面的に俺が悪かったかもな」

「今の間はなに⁉　ぜったい想像してた！　私が全裸であわあわするところをぜったい想像してた！」

「泡泡……」

「そういう意味で言ってないっ！　やっぱり蒼汰はえっち変態淫乱色情魔！」

「お、おい、ばあちゃんの前でそういう単語を出すなよ！　このむっつり耳年増！」

「うぐぐ……もう蒼汰なんか知らないっ」

乃愛はぷんすかむくれながら、冷蔵庫を開けてビッグサイズのペットボトルを取り出す。中身はオレンジジュースみたいだ。

それをコップに注ぐのかと思いきや――直飲みしたではないか！

「くぅ～っ。美味《うま》い、もう一杯」

「なんかいろいろとまざってる気がするけど、自分で買ったやつだからってラッパ飲みするなよな。俺が飲めなくなるだろ」

「エロエロな蒼汰なんか麦茶か牛乳で十分。ジュースは家主のものなり」

「じゃあ俺が来る途中で買ったケーキはやらないからな」

「今から協定を結び直そう。この冷蔵庫は好きに使うがいい」

「いくらなんでも現金すぎるだろ……」

きゃいきゃい言い合う二人を乃愛の祖母は嬉《うれ》しそうに眺めながら、テーブルに夕食を並べていく。

「二人ともやっぱり仲良しだねぇ。おばあちゃんは嬉《うれ》しいよ」

「喧嘩《けんか》もしょっちゅうするけどな。あと、俺も運ぶの手伝うよ」

「私もやるー」

「いいんだよ。年寄りの生き甲斐《いがい》は、孫たちの世話をすることなんだから」

その孫の中に蒼汰も含まれているのだとわかって、胸の辺りがほっこりする。

「ああでも、そろそろ曾孫の顔も見たいねぇ」

「ぶふぅーっ！　おばあちゃんもなにを言ってるの⁉」

「ほんとに気が早いって！」

そこは二人の意見が重なったので顔を見合わせたものの、気恥ずかしさからすぐに逸《そ》らしてしまう。

「ばあちゃんからすれば、案外すぐな気もするけどねぇ。ほら、夕飯ができたからお食べ」

そうして、三人での久々の食卓を囲むのだった。

すっかり満腹になるまで食べた後は、乃愛の部屋に戻っていた。

「ふぃ～、食った食った」

「蒼汰、すごい量を食べてた。やっぱり男の子はケタ違い」

普段の蒼汰は大食いというわけでもないが、今日は何度もお代わりをしてしまった。おかげで炊飯器の中を空にしてしまったほどである。

「こっちで夕飯を食うのは久々だったから、つい堪能《たんのう》しちゃったよ。いやぁ～、やっぱりばあちゃんの親子丼は俺的好物の五指に入るな」

「つまり、蒼汰にとってはおふくろの味同然ということ？」

「まあ、そんなところかな」

「ならば、近いうちにどこかで驚くことになるだろう。……連休中とかは無理だけど」

ふふん、と鼻を鳴らす乃愛。

その狙いに思い至った蒼汰は、少し嬉《うれ》しくなって微笑《ほほえ》んだ。

「なら期待しとく」

「任せて。——それじゃ、そろそろ本番といこうか」

言いながら、乃愛は部屋着として着ていた猫耳パーカーを脱ぎ捨てる。

「ちょっ、乃愛さん？」

困惑する蒼汰をよそに、そのまま乃愛はTシャツを腕まくりして。

「よし、ゲーミングモード移行完了。今日は寝かせないゼ？」

ゲームのコントローラーを片手に、決め顔でウインクまで飛ばしてくる乃愛。

どうやら対戦ゲームをやるために、身軽になりたかっただけらしい。思い返してみれば、これまでもそういうことは何度もあった。……蒼汰は変な想像をしてしまって恥ずかしくなる。

乃愛はドデカクッションにダイブして、だらしない姿勢のままコントローラーを構えた。

足をぶらつかせながら、お菓子を頬張る姿はなんだか小動物みたいだ。

彼女のこんなくつろいだ姿を、学校の連中が見たら驚くことだろう。特にクールな美少女像に憧れる女子たちが見たら卒倒しそうな気がする。

「ふぅ、俺もやりますか」

「蒼汰？　なんだか覇気が感じられない」

「いや、うん、乃愛はそれでいいんだと思う。むしろ最近が特殊だったわけで」

「意味がわからないけど、褒められているわけじゃないことだけはわかった。なんかムカつくからぶっ潰す」

「望むところだ！」

そうして、二人のゲーム三昧の時間が開幕した——。

◇

午前一時。すっかり日付も変わった頃。

「――かぁーっ！　また負けた！」

「フッ、これで私の十七連勝。序盤の二敗は偶然でしかないと証明された。やはり蒼汰が弱いのか、それとも私が強すぎるだけなのか。もしくはそのどちらの要素もあるかもしれない」

カーレースゲームから対戦格闘ゲーム、パーティーゲームまで手を出したが、だいたい蒼汰がズタボロに負けている。悔しいが、乃愛の言う通りどちらの要素もあるのだろう。

「その余裕なドヤ顔、腹立つなぁ……。ったく、もう一回リベンジだ！」

「意気やよし――と言いたいところだけど、ちょっとトイレ」

どうやら我慢していたらしく、乃愛は慌てぎみに出ていく。

「我慢するほど没頭するなっての」

自分も人のことは言えないかと思い直しながら、なんとなく部屋中を見回す。

床には開封済みのスナック菓子やチョコ菓子が散乱し、ジュースのペットボトルも三つほど転がっている。これはどこかで掃除をする必要がありそうだ。

そこでふと、壁のボードに飾られた写真が目に入る。

飾ってあるのは、蒼汰と乃愛が二人でうつる写真ばかり。両親や祖母との写真は机の上にある写真立てに入っているからか、枚数が一番多いのは蒼汰との写真だった。

よく見ると、この前のデートで撮ったプリクラまで加えてある。しかもこれは一枚目、蒼汰の鼻の下が伸びているひどい顔のやつだ。

（……あいつ、俺が誰かと付き合ったりしたらどうなるんだろう）

そんなことを考えて、すぐに首を左右に振る。仮にそんなことになったとしても、蒼汰と乃愛の関係は今とそう変わらないはずだ。何せ、約束したのだから。

──ずっとそばにいる、と。

「ただいま」

乃愛が戻ってきたことで、写真から視線を外す。

「おかえり」

「写真を見てたの？」

「まあ、な。高校に入学した頃なんてついこの前って感じなのに、写真だとだいぶ違って見えて、ちょっと驚いていたところだ」

「蒼汰は今の方が垢抜《あかぬ》けた感じ。私は変わらないけど」

「そうか？　乃愛の方も、ちょっと表情が明るくなったと思うけどな」

「へぇ、そうなんだ？　自分じゃ気づかなかった」

それにますます可愛《かわい》くなって、どんどん大人びてきている――とは言えず。

意識すると、今だってムラムラしそうになるが、蒼汰は必死に自重した。

しみじみとした空気を切り替えるように、蒼汰は大きく伸びをする。

「なんかあったかい物が食べたくなってきたな」

「あれだけ食べてまだ食べるの……？　成長期の男子は恐ろしい」

「自分でもびっくりだ。ってことでコンビニに行こうと思うんだけど、一緒に行くか？」

「行く！」


というわけで、二人のちょっとした夜のお散歩が始まった。

目的地は近所のコンビニだが、二人で歩く深夜の街はどうにも特別な感じがして、気持ちが昂《たかぶ》ってくる。

「ふんふふ～ん♪」

上機嫌な乃愛の鼻歌を聞きながら、その少し後ろを蒼汰は歩く。

「あんまりはしゃいでコケたりするなよ」

「大丈夫、いつだって危機管理能力は働かせているから」

フッと微笑《ほほえ》む乃愛のキメ顔は、五年や十年経《た》ってもちっとも変わっていなくて笑える。

（ほんとに乃愛は、昔から可愛《かわい》いよな）

だめだ、油断をするとすぐに異性として見てしまう。

首を左右に振って、邪念を振り払う。今は恋愛感情を持ち出すのはよそうと決めたからだ。

そうして五分ほど歩いたところで、コンビニに到着する。

深夜のコンビニは客の数も少なく、店内はがらんとしているように見えた。

「なんか食べ物を見てるだけでお腹《なか》が空いてきた」

「買うのは四種類までなー」

「そんなにいいの？」

「特別だぞー？　うちの親にチクるなよ、ドヤされるのは俺だから」

「わかった。——こうして私は、蒼汰の最大の弱みを握るのだった……」

「だから変なナレーションを入れるなって」

お菓子を何種類かカゴに投げ込んでから、ジュースとアイスも数種類入れる。

「家にカップ麺のストックってあるか？」

「ない。だいたいすぐ食べちゃうから」

「理由が女の子らしくなさすぎるだろ……じゃあ、二食ずつと」

「私はシーフード一択。二食買うなら、二食ともシーフードを所望する」

「はいはい、俺はカレーとしょうゆかな」

「ハンッ、邪道な」

「カレーはまだしも、しょうゆは一番の王道だろうが」

そんな他愛のないやりとりをしながら、商品をレジに持っていく。

「お、深夜なのにまだ残ってるのはラッキーだな。――なあ乃愛ー、肉まんとあんまん、それにピザまんだったらどれがいい？」

「あんまん。というかピザまんはあり得ない」

「はいはい。じゃあ、あんまんとピザまんな」

「蒼汰の裏切り者、バカ舌」

「お前のそのピザまんへの恨みはどこからくるんだ……？」

前々から乃愛がピザまんを目の敵にしていることは知っているが、蒼汰はあのピザっぽいけど違うような独特の味わいが好きなのだ。

今夜だけでなかなかの出費だが、今の蒼汰にとっては痛くない。

なぜなら、両親から連休用のお小遣いを大量にもらっているからだ。

（まあ、それが乃愛のためってところが、息子としては複雑なところなんだが……）

蒼汰の親も、乃愛のことは溺愛しているのだ。今でも蒼汰の両親は乃愛と連絡を取り合っていて、休日には蒼汰の母親と乃愛の二人で買い物に行くこともあるほど仲が良かったりする。

ただ、乃愛は両親を亡《な》くしたあの日から、蒼汰の家に来ることはできないでいる。きっと、訃報を聞いた当時のことを思い出してしまうからだろう。

とはいえ、後ろ向きなことばかりを気にしていても仕方がない。そういった諸々《もろもろ》の事情込みで、この軍資金も躊躇《ためら》いなく使えるわけだし。

コンビニで精算を終えてから外に出ると、少し肌寒さを感じた。もう息が白くなることはないけれど、この時間は半袖だとなかなかにきついようだ。

「ふー、まだ夜はちょっと肌寒いな」

「蒼汰、早く早く」

乃愛に急《せ》かされたことで、あんまんを小袋から取り出して手渡す。

「ほい。やけどしないように気をつけて食べるんだぞ」

「大丈夫、私はもう子供じゃな――あっち⁉」

「ベタだなー」

「うるさい」

乃愛はむすっとしながら一口かじると、その瞬間に顔をふにゃりと崩す。

「うまうま」

「それじゃあ俺も。――ん〜、やっぱりイケるな」

するとそこで、乃愛があんまんを半分に分けて手渡してくる。

「くれるのか？」

「うん、蒼汰がハズレを食べてかわいそうだったから。ちなみに、そっちはいらない」

「素直じゃないなぁ。一口だけでもいいから食べてみないか？」

「ヤダ。いらない」

「そうか。——というか、このあんまん口つけたとこを渡してきただろ？」

「うん、その方が喜ぶかと思って」

「だ、誰が喜ぶかよっ」

思わずどもってしまった。

というのも、隣で乃愛が顔を赤くしているからだ。

やはりというか、今までとは少し違う。

今までも蒼汰が乃愛の家にお泊まりをしたことはあったが、そのときは終始楽しいだけのやりとりが続いていた。

でも、今は……ところどころで、どうにも意識してしまう。

そして、どことなく気まずい空気になるのだ。

けれど、それが嫌なわけじゃない。むしろ、心地いいくらいで……。

「蒼汰、やっぱりピザまん一口もらう」

「お、そうか？　なら——」

「はむっ」

蒼汰が分けてやろうとするのも待たずに、乃愛が一口かじりついた。

──それも、蒼汰が食べかけのところを。

「お、おい……」

「ん～、やっぱり変な味」

「あのな……」

「でも、思ったより悪くなかった」

真《ま》っ直《す》ぐ見つめてきて、その視線に射抜かれる。

ここまでされれば、わざとやっているのは蒼汰でもわかる。

ならば、なぜわざわざ間接キスになるようなことをしたのだろうか？

蒼汰をからかうため？

それとも、やっぱり蒼汰を意識させたくて──

「蒼汰」

名前を呼ばれて、思考を止める。

視線を向けると、乃愛は真剣な顔つきになっていて。

「どうかしたか？」

「帰ったら、もうちょっとゲームがしたい。今度は真剣勝負」

「いいけど、今までだって真剣だっただろ？」

まさか、あれで手を抜いていたとでも言うつもりか？　と思ったが、どうやら違うらしい。

「今度はせっかくだから賭けをしたい」

「ほう、ゲーセンのとき以来だな。でも、今度は何を賭けるんだ？」

食べ終わった紙クズを丸めてゴミ箱に入れると、乃愛とともに歩き出す。

「ゲーセンのときと同じで、勝った方は負けた方になんでも一つ質問をすることができるってルールでどう？」

（つまり、乃愛は俺に聞きたいことがあるわけだ。まあ、俺もただで負けるつもりはないが）

そんな決意とともに、蒼汰は頷《うなず》いてみせる。

「わかった、それでいこう。負けても『やっぱなし』とか言い出すなよ？」

「そっちこそ。私に二言はない」

実際はありまくりなのだが、ここでツッコミを入れるほど野暮じゃない。

そうしてゲーム合戦の第二部が開催されることとなった。


午前二時過ぎ。

コンビニから帰ってきた二人は、さっそくモニターの前に座り込む。

勝負はカーレースゲーム。乃愛の得意分野だ。

普通にやったら十中八九で蒼汰が負けるが、ここは奥の手を使わせてもらうことにする。

レース開始のホイッスルが鳴ってしばらく経《た》った頃、

「そういえば、そっちのトモダチの恋路はどうなってるんだ？」

「――っ⁉」

唐突に蒼汰がそんな質問を繰り出したことで、乃愛の操作ミスが発生する。

その隙にアイテムを使って、逆転し――

「よしっ、勝ったぞ！」

結果、蒼汰が勝利した。

勝負は非情なもので、心理戦の側面も兼ねているのだ。

今の蒼汰は負けると少々厄介なことになる可能性がある。茜とのことだったり、蒼汰自身の気持ちについてだったり……。ともかく、なるべく負けるわけにはいかないのだ。

それに勝てば、乃愛の好きな相手の有無についても答えてもらえるかもしれないわけで。

「勝負は三本勝負」

「言うと思ったよ……」

「蒼汰は卑怯《ひきょう》。だったら、こっちにも考えがある」

すると、今度は乃愛が蒼汰のあぐらの上に座り込んできて……

「ちょっ、頭が邪魔で画面が見えない⁉　――というかおまっ、ぐりぐりするなって！」

「フッ、愉悦とともに敗北の味を知るがいい」

この感触はまずい、いろいろとまずすぎる……っ！

と思った刹那、蒼汰の視線が一か所に集中する。

乃愛のだぼついたTシャツの首元から、白い線が覗《のぞ》き見えていたのだ。

(これは間違いなくブラ線――)

……それから蒼汰は、三連敗を喫した。

だが、乃愛のお情けによって勝敗は今夜中の合計勝利数が多い方ということになり、その日は夜通しゲームに明け暮れたのだった。


「んん……」

寝返りを打ったせいか、意識が徐々にはっきりしてくる。

重い瞼《まぶた》を開くと、至近距離に乃愛の寝顔があって――

「わっ⁉」

驚いて跳《と》び退《の》いたが、乃愛が起きる気配はない。

今も乃愛はすぅすぅと寝息を立てて、気持ちよさそうに眠り続けている。

そんな彼女を起こさないようにスマホを確認すると、時刻は十八時と表示されていて。

「やけに暗いとは思ったけど……やっちまったな、完全に昼夜逆転じゃないか」

あの後は結局、朝方までゲームを続けてしまい、気づけば二人とも寝落ちしていたらしい。

勝敗は乃愛の勝ち越しで終わったので、賭けのルール通りであれば、蒼汰は何か質問に答えなければいけないのだが、まだ乃愛からは何も言われていない。……蒼汰としては、このままうやむやになることを願うばかりだ。

ちなみにどうして乃愛が隣で寝ているかといえば、途中から蒼汰の敷《し》き布団《ぶとん》の上で、二人並んで寝転がりながらゲームをプレイしていたせいだろう。乃愛の言葉を借りるならば同衾《どうきん》したわけだが、やはりというか、ロマンチックさの欠片《かけら》もない結果になってしまったわけで。

「まあ、俺たちらしいといえばらしいよな。にしても、無防備すぎだろ」

おへそを出しながら眠っている、未《ま》だあどけなさの残る乃愛の顔を撫《な》でてやると、むにゃむにゃと幸せそうに寝言をこぼしていた。

乃愛のTシャツの裾を戻してやり、布団《ふとん》をかけ直してから立ち上がる。

「さて、俺は掃除でもしますか」

と、その前に乃愛の祖母のもとに顔を出しておくことにする。蒼汰たちのために朝食や昼食を作ってくれていたかもしれないし、そうであれば悪いことをしてしまったからだ。

ひとまず下に降りると、乃愛の祖母は居間でテレビを見ていた。

「ばあちゃん、起きたよ。ごめん、こんな時間まで寝ちゃって」

「おはよう。いいんだよ、せっかくのお休みだからね。それよりお腹《なか》は空いているかい？」

「うん、そこそこは。でも乃愛が起きてからでいいかな？　一緒に食べたいんだ」

「のんちゃんはまだ寝てるんだね。うふふ、ありがとうねそうちゃん」

「そんな、お礼を言われることなんか何もしてないよ。冷蔵庫、使うね」

断りを入れてから冷蔵庫を開け、中から麦茶を取り出してコップに注ぐ。

「そうちゃんは、のんちゃんのことが好きかい？」

「ごく、ごく……」

「ごほっ⁉」

いきなりそんなことを聞かれたせいでむせてしまった。

「なんだよ、いきなり」

「そういう年頃だろ。それとも、他に好きな子でもいるのかい？」

「いないよ、他にそういう人は……」

「そうかい。おばあちゃんはのんちゃんの味方だけど、そうちゃんの味方でもあるからね。自分のやりたいように生きればいいさ」

「……うん。ありがとう、ばあちゃん。それじゃあ、俺はちょっと上を掃除してくるよ」

「ああ、いってらっしゃい」

二階へ続く階段を上がりながら、先ほど言われたことについて考えてみる。

(自分のやりたいように生きる、か。あの年代の人に言われると、さすがに重みが違うな)

乃愛にも似たようなことを言われたことがあるが、やっぱり奥深さみたいなものが違った気がする。

蒼汰が部屋に戻ると、ちょうど乃愛がむくりと身体《からだ》を起こしたところだった。

「むにゃむにゃ……蒼汰、朝？」

「もう夜だぞ。この辺りを掃除するから、まだ眠いならベッドで横になってな」

「んー……」

寝ぼけ眼をこすりながら、乃愛はごろんとベッドに横たわる。

普段はクールなせいか、周囲の女子からは『知的でかっこいい！』なんて言われたりもする乃愛だが、こういう日常的にだらけた姿を知っている蒼汰からすれば、ちょっと笑えるくらいに的外れな評判だ。

「ったく、今日は昼過ぎには起きて、ゲーセンか映画にでも行こうと思っていたのにな」

「ゲーセン？　映画？　行きたい」

「一発で反応したな。けどもう夜だし、今日は家でゆっくりしようぜ」

「んー、外でオールも個人的にはアリ」

「そうやってばあちゃんに心配をかけるなよ、この不良娘め。ほら、ちゃんと起きたなら飯を食いに行くぞ」

「あ、ちょっと待って、汗かいてるから着替えていく」

「いやそれ俺が待つ必要ないだろ……って、脱ぐなら俺が出て行ってからにしてくれ！」

「わっ、まだいたの!?　蒼汰のえっち！」

「寝ぼけて脱ぎ出したのはお前の方だからな⁉」

そんなこんなで、その日は家でまったり過ごすことになり。

代わりに明日は、映画に行くことを約束した。

ちなみに、この日からお風呂《ふろ》は別々で入ることになった。

◇

翌日、二人は映画に行った。

この前は恋愛映画を観《み》たので、今回は有名なＳＦアクションのシリーズ最新作を観《み》たのだが、これがまた微妙であった。

実際に館内を出る際には乃愛が、「微妙。やっぱり人気作は初代に限る」なんてぼやいていたほどである。

そしてその翌日は、ゲームセンターに寄って遊び倒した後、帰り道でアイスを食べた。

そんな風に過ごしているうちに、大型連休も半分ほどが過ぎた事実に気づく。

「うぅ、シンデレラの魔法が解ける気分……儚《はかな》くも短い命であった」

乃愛は夕暮れ時の河川に遠い目を向けながら言った。

「いや、まだそれを言うには早いだろ。今でも十分すぎるほど遊び倒しているけどさ。おかげで軍資金も底を尽きそうだ」

「ハッ⁉」

「どうした？」

「いや、その……私たち、本当に昔と変わらなかったと思って」

乃愛がそう言うのも無理はない。

初めこそは一緒の部屋で寝ることに緊張するかと思ったが、朝までゲーム三昧の後にお互い疲れ果てて寝落ちしてしまうせいで、そのドキドキ感も味わえず。風呂《ふろ》に入浴するのだって、初日に一緒に入ってからは結局別々に入るようになったので、思い返せば初日以外に男女を意識するようなイベントは起こっていないのだ。

でも、だからこそ……幼馴染《おさななじみ》の絆《きずな》は変わらないということが伝わったのではないかと、蒼汰は思っていた。

ゆえに、蒼汰は自信を持って告げる。

「まあ、俺たちはこれでいいんじゃないか？　少なくとも、俺は楽しめているしな」

より安心してもらえるよう笑顔で伝えたのだが、なぜだか乃愛は寂しそうな顔をしていて。

「……蒼汰なら、そう言うと思った」

そんな言葉を、辛《つら》そうに言うのだ。

「乃愛……？」

「蒼汰、勝負の件を覚えてる？」

「え、ああ」

ゲームによる賭けの話だろう。どうやら、乃愛の中でうやむやにはならなかったようだ。

「勝負は私が勝った。だから、私の質問に答えてほしい」

この際だ、蒼汰も腹を括《くく》るしかないと覚悟を決める。

「ああ、なんでも聞いてくれ」

夕暮れの風が吹きつけてきて、二人の髪を靡《なび》かせる。

乃愛は言いづらそうに視線を逸《そ》らしてから、意を決したように口を開いた。


「――蒼汰は今、好きな人っている？」


一瞬、時が止まったように錯覚した。

それくらい、蒼汰にとってはその問いが衝撃的だったのだ。今の乃愛の言葉には形容しがたい甘酸《あまず》っぱさや、むずがゆさみたいなものが内包されているように思えた。

もちろん、これは来ると想定していた問いの一つだ。けれど、実際に乃愛の口から発せられると、その戸惑いや躊躇《ためら》う仕草もあってか、とにかく新鮮な衝撃を与えてきたのだ。

なぜ乃愛がそんなことを気にするのか、明確にはわからない。

けれど、蒼汰は自分の答えを正直に告げることを決めた。

「ああ、いるよ」

そう告げたとき、乃愛は信じられないものでも見るかのように目を見開いた。

その反応に、蒼汰もたじろいでしまう。

「そんなに意外だったか？」

「えっ、あ、ううん、わかんない」

「乃愛？　大丈夫か？」

乃愛の錯乱っぷりがすごい。見ているこちらが心配になるほどだ。

おかげで蒼汰は照れる暇もなく、乃愛のもとに駆け寄ろうとする。

だが、乃愛は両手を制するように前へと突き出して、

「えっと、大丈夫だから。ほんとに大丈夫……だから——また明日っ」

「あ、おい……」

呼び止める声も振り切り、乃愛は逃げるように駆け去ってしまった。

「いや、帰る場所は同じなんだけど……」

このまま今日くらいは自分の家に戻ろうかと蒼汰は考えたが、それはそれで乃愛から逃げているような気もして、仕方がないので乃愛の家に蒼汰も戻るのだった。

「ただいまー……」

蒼汰が乃愛の家に戻ると、上からドタドタと慌てたような音がした。

気まずさを感じながら上に向かったものの、乃愛の部屋に姿はない。

もしやと思って向かいの客間を覗《のぞ》くと、中にはうつ伏せになる乃愛の姿があった。

「乃愛ー、俺も帰ったぞー？」

「しんだフリ中」

「自分でフリとか言ったら世話ないな」

とりあえず、このまま避け続けるわけにもいかないので、乃愛の隣に腰を下ろす。

「どうして蒼汰も座るの？　蒼汰の部屋はあっちのはず」

「いや、あっちこそお前の部屋だろ……」

「うぅ〜っ」

なんの唸《うな》りかはわからないが、乃愛がうーうー言いながら足をばたつかせる。

長年一緒にいた幼《おさな》馴染《じみ》に好きな相手ができた。——そのことに動揺する気持ちは、蒼汰にもわかる。一時期、そう思い込んでいた頃があったからだ。

もっとも、蒼汰が乃愛に恋をしていたのはずっと前からで。

これまではそれっぽいことを聞かれてもごまかしていたから、知らないのも当然だが。

とはいえ、今はもっと大事なことがある気がしてならなかった。

だから。

「あのさ、乃愛がどうしてあんなことを尋ねてきたのかは聞かないよ。俺は勝負にも勝っていないからな」

「…………」

「でも、せっかくの連休なんだ。残りはあと二日間だけど、その二日間を俺は乃愛とめいっぱい楽しみたいなって思うよ」

「…………」

「ダメかな？」

問いかけると、乃愛はゆっくりと首を左右に振ってみせる。

「……ダメじゃない」

「よかった。それでこそ、俺の幼馴染《おさななじみ》だな」

そう言うと、乃愛がちらりと視線を向けてきた。こんな体勢でも、ようやく顔を見せてくれたことが蒼汰は嬉《うれ》しかった。

「でも、お金はもうないんじゃないの？」

「だったら使わない遊びをすればいい」

「たとえば？」

「キャッチボールとかしてみるか？　俺の家にグラブもボールもあったはずだけど」

昔に一度、乃愛とキャッチボールをしたことがあるのだが、その投球フォームがザ・女の子投げといった感じで可愛《かわい》らしかったのを覚えている。

だが、すぐに乃愛はしかめっ面《つら》を浮かべると、

「うへぇ……ぜったいヤダ」

「なんだよ、たまには運動もしないと健康に悪いぞ。ときどき体育をサボっているのも知ってるんだからな」

「運動は苦手。勉強も嫌い。でも漫画とゲームとアニメは好き」

「いや、それは知ってるって。でも改めて聞くとやばいな、典型的な引きこもり体質すぎて心配になってきたぞ」

「今さら過ぎ。蒼汰だって、べつに運動が好きなわけじゃないくせに」

「俺は好きでも嫌いでもないけど、人並みにはできるぞ」

「無駄ハイスペック」

「無駄って言うなよ、成績に関係している時点で意味あるだろ。少なくとも高校生のうちは」

少しは見習ってほしくて鼻高々に言ってみるものの、乃愛は呆《あき》れた様子でため息をつく。

「それが無駄だって言ってる。高校生の時間なんかあっという間に終わるもの。大人になったらいくら速く走れても、駆け込み乗車に間に合うくらいしか活《い》かせる場所なんかない」

「ったく、自分の都合の悪いときだけそういうことを言うんだもんな。あと、駆け込み乗車は

絶対にダメだぞ？　乃愛の場合、直前でコケて大怪我《けが》をしそうだしな」

「するつもりない。元々足は遅いから」

「速くてもダメだ」

「むぅ」

気づけば、いつもみたいにくだらない言い合いに発展していて。

こんな時間が大切だからこそ、蒼汰は笑顔になって言う。

「俺さ、今度こそわかった気がするから」

「なんの話？」

「こっちの話だよ。とにかく、連休中はめいっぱい楽しもう」

「べつにいいけど」

乃愛も観念したらしく、ごろごろと転がってきて、蒼汰の身体《からだ》にぶつかってくる。

「よし、じゃあ部屋に戻るか！」

そう言って蒼汰は立ち上がると同時に、乃愛の身体《からだ》をお姫様抱っこで持ち上げた。

「へっ、ちょっ、えっ、えっ、えぇ〜〜〜っ⁉︎」

そうして二人で満喫する、連休の残り二日間が始まった。

それと同時に、蒼汰はある決意を固めるのだった。

◇

連休最終日になった。

この日は特にすることも決まっておらず、部屋で昼過ぎまでゲームをやって、昼食の後はのんびりサブスクの動画を乃愛の部屋で鑑賞するという、極めて自堕落な時間を送っていた。

お金もないし、やりたいこともほとんどやりきった今となっては、案外こんなものである。

乃愛は今飼い猫のように、蒼汰の膝の上に頭を乗せて寝転がっている。時折動くときは、箸でポテチをつまんで口に運んだり、ジュースのストローに口をつけるときぐらいだ。

その動作すらも、乃愛は何度か蒼汰にやってほしいと頼んできたくらいで、人というものは甘やかせばそのぶんダメになるものだと、蒼汰はこの数日で再確認させられていた。

だが、それも今日で終わりとなる。

最終日といえば、蒼汰には決めていたことがあった。

ここを節目として、伝えておくべきことは伝えておこうと思ったのだ。

ゆえに、蒼汰は少し緊張ぎみに切り出してみる。

「あのさ、もう夕方だろ。今流れている動画が終わったら、俺は帰ろうと思うんだけど」

「え、あと三分三十秒で終わっちゃうけど？」

「もう十分ダラダラしただろ」

「やだ、家まで送っていくから夜までいて？」

うるうる、と大きな瞳を縋《すが》るように向けてくる。

膝の上でこちらを見上げながらお願いするのはずるい。可愛《かわい》すぎて、思わずお願い事を聞いてあげたくなってしまう。……が、ここは心を鬼にする。

「ダメだ、夜道を乃愛一人で帰すなんてあり得ないだろ。結局は俺が往復することになるだけだ」

「はぁ。学校なんか始まらなければいいのに」

それは同意したい気持ちがなくもないが、蒼汰は変わらず首を左右に振ってみせる。

「まあ数日行けば、また気分も元通りになるって」

「元々、学校はあんまり好きじゃない」

「はいはい、駄々をこねるのもそこまでな。ほら、動画も終わったことだし」

「やだやだー」

「子供か」

そうして不満そうな乃愛とともに、外へ出る支度をする。

どうやら乃愛はいつもの分かれ道まで送ってくれるらしい。

部屋を軽く片づけてから、最後に乃愛の祖母のもとに顔を出す。

「ばあちゃん、長い間お世話になりました。ご飯美味《おい》しかった、ありがとう」

「こちらこそ、顔を見せてくれてありがとねぇ。また来るんだよ」

乃愛の祖母から頭を撫《な》でられて、蒼汰はこそばゆい気持ちになった。

「うん、もちろんだよ。それじゃ、またな」

「私は蒼汰のこと、近くまで送ってくる」

「ああ、いってらっしゃい」

家を出ると、夕日が真っ赤に染まっていた。

「だんだんと、日が落ちるのも遅くなってきたな」

「これから夏が来ると思うと憂鬱。はっきり言って地獄」

「乃愛は夏が苦手だもんな。肌弱いし」

「虫も無理。というか、虫全般がムリで夏が嫌いまである。あと灼熱《しゃくねつ》地獄」

「それ全部じゃないか……。ったく、熱中症には気をつけろよ？　低血圧で朝も弱いんだし」

「さいあくの場合、蒼汰に迎えに来てもらう」

「それでおぶれってか？　俺の方が最悪だろ、間違いなく」

そんな会話を交わすうちに、いつもの分かれ道に着いた。

体感ではあっという間だった。

「もう着いちゃった。それじゃ、近いけど気をつけてね」

すっかり乃愛は見送るつもりでこちらを見つめている。

ごくり、と蒼汰は生唾を飲んだ。やけに喉が渇いている。それぐらい蒼汰は緊張していた。

そろそろ切り出さなくてはならない。目の前で乃愛が不思議そうに小首を傾《かし》げている。

「あ、あのさ」

「ん？　なに」

「ちょっと、歩かないか？」

そう提案すると、乃愛は嬉《うれ》しそうに「うんっ」と頷《うなず》いた。

そのまま、いつもの河川敷《かせんじき》まで歩く。まだ日が出ているからか、子供たちが川の近くで遊んでいる。もう彼らが半袖短パンでもおかしくない気候になっていた。

「この辺りでいいか」

「え？」

蒼汰の言葉に、前をずんずん突き進んでいた乃愛が振り返る。

子供たちの声や風の音が少し騒がしいが、今はこれぐらいがちょうどいいかもしれない。

「じつは、聞いてほしいことがあるんだけど」

「む、蒼汰の話？」

「はは、その通りなんだけどさ」

あの定型句も出していないのにその聞き方をするなんて、本当に乃愛らしい。こういうとき、やっぱりちょっと変わっている子だなと実感させられる。

乃愛のおかげで緊張感はほどよく和らいだ状態で、蒼汰は深呼吸をしてから口を開く。

「この前、乃愛は俺に好きな人がいるのかって聞いてきたよな」

「え、うん……」

「それで、俺は『いるよ』って答えた」

「うん……」

乃愛は不安そうに俯《うつむ》く。

きっと、乃愛はこれから何を言われるのかわかっていないだろう。

でも、それでいい。

(俺の望みは、乃愛が笑顔でいてくれることだ。それがやっぱり、一番大事なことなんだ)

これまで乃愛が不安なのは、幼馴染《おさななじみ》の関係が変わることを恐れているからだと思っていた。

だけど、乃愛とこの連休を一緒に過ごして――好きな人がいるかと聞かれて、蒼汰は気づいたのだ。それだけじゃないと。

蒼汰が恋愛をすることで、どこか遠くに行ってしまう。――そんな不安を乃愛は抱えているように思えた。その不安を払拭《ふっしょく》したくて、心の底から安心させたくて、蒼汰は今の自身が伝えられる想《おも》いをそのまま口にしようと決心したのだ。

これは蒼汰のやりたいことだし、蒼汰にしかできないことだ。その自負がある。

乃愛の『トモダチ』が誰なのかはわからない。けれど、乃愛を身近に感じることができているのだし、今は二の次でいい。何せ、

――蒼汰と乃愛の間には、恋よりも大事なものがあるのだから。

さて、ここからが本番だ。

「俺には確かに好きな人がいる。でも、これだけは伝えておきたい。――俺はさ、誰に恋をしようと、その恋がどうなろうと、ずっと乃愛のそばにいたいって思うよ」

「えっ……」

そんな言葉を伝えられるのは想定外だったからか、乃愛は驚いた様子で固まっていた。

動揺する乃愛に対して、蒼汰は一生懸命に言葉を紡《つむ》ぐ。

「そばにいるって約束は前にしたよな。だから約束じゃなくて、俺の気持ちを表明しておきたいんだ」

一呼吸置いて、蒼汰はありったけの想《おも》いを目の前の乃愛に告げる。

「俺は乃愛と一緒にいたい。素直じゃないくせに寂しがり屋で、面倒くさがり屋で、おまけに勉強も運動も、友達付き合いだって本気になろうとしない、そんな困った幼馴染《おさななじみ》だけどさ――やっぱり可愛《かわい》いんだよ。ふとしたときに大切だって思うんだ。何よりも俺自身がずっと乃愛のそばにいたいって思ってる。だから……――これからも、俺と一緒にいてほしい！」

そう、精一杯に言い終えたところで。

乃愛の頬に、一筋の涙が伝った。

「うん、ありがと。私も、蒼汰のそばにいる。私も蒼汰と、ずっと一緒にいたいから」

にっこりと、乃愛は嬉《うれ》しそうに微笑《ほほえ》んでみせる。

本心からの言葉を受け入れてもらえたことで、蒼汰も安堵《あんど》するとともに喜んでいた。

乃愛の不安な顔を見たくないだとか、そういった気持ちも本心からだった。でも結局のところは、蒼汰が乃愛と一緒にいたい——その一心に尽きるのかもしれない。

さて、これで伝えるべきことは伝えた。今はもう十分だ。乃愛がまた、心から笑ってくれたのだから。

「あれ？　おかしい。泣きたいわけじゃないのに……」

ぽろぽろ、と。

乃愛の涙は未《いま》だに止まらず、瞳からは溢《あふ》れんばかりにこぼれだしている。

それほどまでに、乃愛の抱えていた不安は大きかったのかもしれない。ともあれ蒼汰は気長に涙が止まるのを待とうと思ったのだが。

「——あーっ、見ろよあれ！」

そのとき、遠くにいた小学生の一人がこちらを指差して大声を出した。そしてそのまま、小学生たちはこちらに向かってぞろぞろと走ってきたではないか。

「おい、なに女の子を泣かしてんだよ！」

「いけないんだよ、女の子を泣かしたら！」

男女混合の小学生五人組が集結して、乃愛の周りを取り囲んで睨《にら》みつけてくる。

これはまずいことになった。早く誤解を解かねばなるまい。

「いや、違うんだよ。俺はその子を安心させようとして――」

「言い訳無用だ！　さっさと謝れ！」

リーダーらしき少年に怒鳴られて、蒼汰はひとまず笑顔を作って言う。

「ごめんな、乃愛。いきなりびっくりさせるようなことを言って」

「うっ、ううん、こっちこそごめん。泣くつもりは、なかったんだけど……ぐすっ……」

と、そこで乃愛は周囲の子供たちの存在にようやく気づいたようで、驚きに目を丸くする。

「なに、このちびっ子たちは」

「乃愛が泣いていたのを見て、心配になって駆けつけてくれたんだ」

「なんて良い子たち……。だけど、もう大丈夫だから――キッズたちよ、散ってよし」

乃愛が最後だけキリッとして言うと、子供たちは『なんだかよくわからないけど、とりあえずノッておくか』と大人の対応を見せて散っていった。

「……なんというか、やっぱり俺は締まらないな」

苦笑交じりに蒼汰が言うと、乃愛は笑顔で首を左右に振る。

「そんなことない、蒼汰はかっこよかった」

「はは、そうか？　なんか照れるな。でも乃愛の泣き顔を見るなんて、結構レアだよな」

「もう忘れてほしい。べつに、泣き顔を見せたことを後悔はしてないけど」

「乃愛の珍しい姿を見られるっていうのも、幼馴染《おさなじみ》の特権だよな。役得というか。もちろん、乃愛には笑顔が一番似合うと思うけどな」

「……帰る」

「え？」

「もう帰る。……ちょっと——いやかなりまずいからっ」

そう言って、乃愛は駆け出してしまう。

そのまま蒼汰の横を通り抜けて、本当に帰ってしまった。

「……相変わらず、あんまり足は速くないんだよな」

なかなか見えなくならない背中を見送りながら、蒼汰はそんな独り言をこぼすのだった。

◆　◆　◆

走る。走る。走る。

乃愛はただひたすらに走り、そして——自宅に到着した。

「ハッ、ハッ、ハァッ……」

乃愛は息も絶え絶えになりながら二階に上がって、自室に入るなりベッドに倒れ込む。

そして枕に顔を押しつけると——

「——んにゃあああああああああああああああ〜〜〜〜〜〜〜〜〜っ‼」

全力で悶《もだ》えた。悶《もだ》えまくりながら、必死に叫び声のボリュームを枕の圧迫で軽減する。

（でも、だって、こんなのたまらない！　んにゃあああ〜〜〜っ！）

心の中も煩悩《ぼんのう》で溢《あふ》れていた。それくらい、蒼汰からの一種の告白はクリーンヒットだった。

（だってずっと一緒にいるって！　あれはもうある意味で恋人以上だ！　お嫁さん以上だ！）

（やったやったぁ！　これならなにも怖くない！　私と蒼汰はずっと一緒！　絆《きずな》は永遠！）

（これならもう、蒼汰が誰を好きでも、誰と付き合おうとも……——）

「——いや、やっぱりそれはヤダ。蒼汰を取られるのはダメ、ぜったい」

そんな風に我に返ることがあっても、すぐさま蒼汰の言葉を思い出して妄想に浸る。

「きゃあああ〜〜〜っ！　やっぱり蒼汰は欲しいときにドンピシャの言葉をくれる！　私だけの最高の王子様だぁ〜〜〜っ！」

気持ちが暴走しすぎて、心の声が漏れ出ていることにも乃愛は気づいていなかった。

内心がこんな状態になっていたからこそ、乃愛は蒼汰の前から逃げるようにして去ったのだ。

それぐらい、乃愛はもう自分の気持ちが抑えられなくなっていた。

「これはもう、やるしかない……っ」

ゆえに、乃愛も一つの決心をした。

――『告白』

という名の、これまでの人生において一番の大勝負に出る決心であった。

もう振られるかもしれないとか、トモダチがどうとか、蒼汰に好きな人がいるとか、そもそも蒼汰が乃愛を異性として見ていないんじゃないかみたいな要素は一切関係なかった。

今の乃愛は、まさしく無敵になっていたのだ。

「考えてみれば、私は顔も可愛《かわい》いと言われることが多いし、普通にいけるのでは？　というか、これはもう特攻するしかない」

自分を鼓舞するように独り言を発し、

「よし、やってやる――ッ！」

この燻《くすぶ》る想《おも》いは止まらない。

きっと明日、自分は蒼汰に告白する――。

乃愛は一人、そんな確信を胸に秘めるのだった。

◆　◆　◆

連休が明けた。

平日である今日は、学校の始まりだ。

そんな当たり前のことを意識して、蒼汰は一人で落ち込んでいた。

「はぁ……」

朝、蒼汰は教室でため息をつく。

乃愛はまだ来ていない。昨日逃げられた後にメッセを送ったが、全て既読スルーである。

（やっぱり、重いって思われたのかなぁ……）

冷静になると、だいぶ痛いことを言っていたような気がしてくる。

それゆえに、蒼汰は軽い自己嫌悪《けんお》に陥っていた。

「おっす、なんか辛気臭い顔してるわねぇ。ま、連休明けなら仕方ないかもだけど」

そんな気持ちを知ってか知らずか、やちよが声をかけてきた。相変わらず、連休前と全く変わらない調子なのはすごい。さすがは一風変わった優等生である。

「おう、くらっしーか。おはよう」

「あんた、今なんか失礼なこと考えてなかった？」

「いや、べつに？　くらっしーは相変わらず変な優等生だなと思っただけだよ」

「べつにじゃないわよ！　あんたやっぱ失礼じゃない！」

そんないつも通りのやりとりをしていたところで、教室に乃愛が入ってきた。

「あ、藤白さんおはよう」

「お、おはよう、乃愛」

「オ、オハヨ、ゴザマス」

なぜかカタコト。しかも明らかに様子がおかしい。

目が泳いでいるし、なんだか挙動不審だ。

「ちょっと、こっちの方が重症みたいじゃない。藤白さん、大丈夫？　こいつになんかされたの？」

「な、なんかされたというか、これからするというか」

「はあ……？　藤白さんの様子と言動がいつも以上におかしいけど、瀬高に心当たりは？」

「……ある」

「あるのかよ！」

今の二人には、やちよの盛大なツッコミに返答する余裕もない。

乃愛は蒼汰と目も合わせずに席に着き、そのまま始業となった。

授業中、乃愛はずっと熱心にスマホをいじっていた。

気になるものの、覗《のぞ》くわけにもいかず。

(乃愛は一体なにを考えてるんだ？　これは、ちゃんと話す時間を作った方がいいよな)

そんな風に蒼汰は思い、迎えた昼休み。

「乃愛、一緒に食べないか？」

「えっと、今日は遠慮しておく」

「遠慮しておく、って……まあ、わかったよ」

ずーんと落ち込む蒼汰。

だが、今の乃愛にはそんな蒼汰を気遣う余裕もないらしく、そのまま早足で教室を出て行ってしまった。

そんなこんなで昼休みも過ぎて。乃愛は午後の授業中も熱心にスマホをいじっていた。

その集中力ときたら、スマホいじりに気づいた五限の英語教師も注意ができなかったほどに鬼気迫るほどで。

そうして、あっという間に帰りのＨＲとなり。

これは下校中にリカバーしようと蒼汰は息巻いていたのだが。

放課後、帰りのＨＲが終わった直後にそれは起こった。

「そ、蒼汰くんッ！　大事な話が、ありますッ！」

「えっ、あ、はい。……ん？」

――蒼汰、くん？

いきなり立ち上がった乃愛から大声で普段と違う呼ばれ方をされて、蒼汰は呆気《あっけ》に取《と》られてしまう。そのただならぬ空気に、自然と周囲も動きを止める。

（……というか、大事な話をこの場でするつもりなのか？）

「……ふぅぅ……………すぅ、はぁ……」

「の、乃愛？」

心配になって呼びかけたところで、乃愛が真《ま》っ直《す》ぐに見つめてくる。

窓から差し込む陽光が、彼女の全身を照らした。

そして、乃愛は意を決したように口を開いて――


「――好きです！」


乃愛がそう、精一杯に告げてきた。

頬を真っ赤に染めて、けれどその双眸《そうぼう》は真《ま》っ直《す》ぐに向けてきて。

綺麗《きれい》だ、と蒼汰は素直に思った。

その瞬間は、蒼汰のみならず周囲の時間も止まったように硬直していた。それほどまでに、蒼汰へ想《おも》いを告げる乃愛の姿は様になるものだった。

そして蒼汰自身、いきなり告げられたその言葉に驚きはしたものの、それ以上に『嬉《うれ》しい』という気持ちが湧き上がってくる。

これまでの経緯を考えてみても、よくわかっていないことはたくさんある。

ただ、それでも乃愛が好きでいてくれるのであれば、蒼汰に応えない理由はどこにもなかった。だから、

「あり――」

「――って、トモダチが言ってて！」

蒼汰がまず感謝の気持ちを伝えようとしたら、食い気味に乃愛が遮ってきた。

一瞬、彼女が言っている言葉の意味が、よく理解できなかった蒼汰は思考をショートさせてしまう。おそらくは周りも同じように茫然《ぼうぜん》としていた。

その一瞬の間に、乃愛はすごい勢いで言葉を続ける。

「昨日じつはあの後、蒼汰に好きな人がいるってことをトモダチに話しちゃって！　それで蒼汰に誰かと付き合われたら困るってトモダチが言ってて、だから蒼汰のことがちゃんと好きだから、まだ誰とも付き合わないでほしいって伝えてほしいって言われたからであって！」

矢継ぎ早に、乃愛は誰かに言い訳をするような調子で早口に述べていく。

「は、はあ……？　……いや、え？」

「だ、だからちゅまり、今蒼汰に好きって言ったのはトモダチの話で！　か、勘違いされたら困りゅからっ！　かんちがい禁止っ！」

緊張のあまりか、乃愛は噛《か》み噛《か》みである。その姿を『可愛《かわい》い』と思ってしまう辺り、自分は恋の病とやらに冒されているのかもしれないなと蒼汰は思った。

（──もう、いいんじゃないか？　ここは俺の方で押し切っても）

そんな風に蒼汰はいっそのこと、勢いのまま玉砕覚悟で突っ込むことも考えたのだが、

「あ、ちなみに蒼汰がさっき言おうとしたことの続きを口にしようとしたら、私は舌を噛《か》み切《き》って天に召される覚悟があるから！　私はそれぐらい、トモダチへの義理堅い女ってこと！」

「…………」

「べ、べつに、告白しようとして日和ったわけじゃないからっ。断じて違う、私の信念に誓ってもいい」

「乃愛の信念に誓われてもな……」

「フッ、私は俗世の尺度で測れる女ではないというだけ。今はただ、恋のキューピッドを演じる心優しき美少女なのだ」

「さっきから言っていることがめちゃくちゃだぞ……」

「わーるどいずまいん！」

なんだかよくわからない決め台詞《ぜりふ》（？）でごまかされた。よほど切羽詰まっているらしい。

乃愛の頑固さは折り紙付き。おそらく今の彼女になにを言っても無駄だろう。それに周囲の目もそろそろ痛くなってきたし、この辺りで話題の転換を図った方が得策といえる。

「まあ、そういうことならわかったよ。トモダチとやらの気持ち、しかと受け取った」

「………」

どうしてだか乃愛は少し不満そうだが、これ以上付き合っても果てしなく面倒くさいだけなので、蒼汰は帰り支度を始める。

「で、伝えたかったのってそれだけか？　だったらもう帰ろうぜ」

こくり、と乃愛は小さく頷《うなず》くのみ。

この頃には周囲も『あぁ、またあの幼馴染《おさななじみ》コンビが拗《こじ》らせただけか……これを見ると、学校が始まった気がする』などと呆《あき》れながら散り始めていた。

視界の隅で、やれやれと頭を抱えるやちよの姿は見なかったことにした。

そうして、蒼汰は乃愛と二人で校舎を出たのだが。

ドクン、ドクン、と蒼汰の心臓は高鳴っていた。

一瞬、本気で乃愛から告白されたと思ったからだ。そして蒼汰はそれを承諾しようとした。だというのに、実際はトモダチの話だったというわけだ。知らぬ間に音信不通も解消されていたらしい。ゆえに今は、乃愛がちゃんといつも通りに隣を歩いている。本当に今の状況はなんなのだろうか。

でもやはり、会話らしい会話はない。先ほどからなんとなしに日常的な話題を振ってはいるものの、頷《うなず》いたり首を左右に振ったりと、ジェスチャー的な反応しか返ってこないのだ。

何より、乃愛はずっと俯《うつむ》いたままで。

そうしていつもの分かれ道に到着した。結局、ここに来るまでまともな会話を交わすこともなかった。

だから蒼汰は、思いきって口を開く。

「教室でのこと、気にしなくていいぞ。ちゃんと俺はトモダチの話だってわかってるから」

こくり、と乃愛は小さく頷《うなず》いた。ゆえに蒼汰は続ける。

「明日か明後日《あさって》くらいは周りに冷やかされることもあるかもしれないけど、なにも気にすることはないって。俺たちはちゃんと、今まで通りだ」

ぴくり、と最後の言葉に乃愛が反応した。

それを確認した蒼汰は背を向けて、別れを告げる。

「それじゃ、また明日な。ちょっと恥ずかしくても、ちゃんと学校には来るんだぞ」

蒼汰はそう言って歩き出したのだが、

「蒼汰っ」

そこで名前を呼ばれたので振り返ると――

――ちゅっ。

「へっ……？」

頬にほんのりと伝わったのは、柔らかくて湿った感触。

それがキスだと気づいたときには、乃愛の身体《からだ》は離れていて。

「そ、蒼汰ばかりが今まで通りで腹が立ったので、幼馴染《おさななじみ》の頬キスを食らわせてやった」

傲慢な物言いでごまかそうとしているが、乃愛の顔が今日一で真っ赤になっているので、それを見た蒼汰の全身までもが熱くなる。

「お、おまっ、いくらなんでも今のは……」

「い、今のはとくべつに、トモダチにも言わないでおいてあげるから……っ」

そんなどうでもいいことだけを言い残して、乃愛は走り去っていった。

まさに脱兎《だつと》のごとく。気づけば、蒼汰だけが一人で立ち尽くしていた。

「──んあ～っ！　ったく！　なんなんだよ今のぉ～～～っ！」

夕暮れ時の帰り道、蒼汰の悶絶《もんぜつ》する叫び声だけが響き渡るのだった──。

◆　◆　◆

「あう～～っ！　やってしまった！」

ぼふっとベッドに沈み込んだ乃愛はひたすら顔を真っ赤にして、一人で悶《もだ》えていた。

今日はいろいろありすぎた。まず勢いで決行した告白は大失敗。告白する勇気がでない場合は逃げ道をなくすべしという恋愛応援サイトの情報を参考にして、クラスメイトのいる前で気持ちを告げたまではよかったものの、ついお決まりの逃げ文句を使ってしまったわけで。

けれどやっぱり、告白の答えを聞く直前になって、振られてしまうのが怖くなったのだ。

そもそも、蒼汰には好きな人がいるのだ。それが誰かは見当もつかないが（本当はやちよの顔が頭に浮かんだがすぐにかき消した）、ともかく現状で自分だと確信できるほど自惚《うぬぼ》れてはいない。

たとえ振られた場合であろうと、蒼汰とはずっと一緒にいられるとしても、期を改めるべきではないか。――そんな弱気な考えが頭を埋め尽くし、気がついたら『トモダチ』の存在を口に出してしまっていた。

けれど、実は今、最も気にしているのはそこじゃない。

気にしているのは……

「ちゅー、しちゃった」

自分の唇に触れると、まだ熱が残っているような気がした。

頭の中がぼんやりとして、気を抜くと全身から脱力してしまいそうだ。

「えへへ……好きって言っただけじゃなくて、ちゅーまでしちゃった」

ニヤニヤが止まらない。あの行為はすごい。根源的な欲求が満たされたのがわかった。

さすがに今さらアレまでトモダチのせいにはできないし、上手《うま》いごまかし方も特に思いつかないが、今はそんなことすらどうでもいい気分だった。

むしろ、今後どうすれば合法的（？）に蒼汰とイチャイチャできるのか、そればかりを考えてしまう。

それに蒼汰だって顔を真っ赤にしていたし、あの『ちゅー』がきっかけで乃愛を意識してくれるかもしれないだなんて、都合の良《い》い考えばかりが頭に浮かんでいた。

「うん、終わりよければ全てよし！――でも、やっぱり恥ずかしい……」

そんな独り言をひとしきりこぼしながら、乃愛はしばらく悶《もだ》え続けるのだった――。

[KOIBANA]
KORE wa
TOMODACHI no
HANASHI
NANDA KEDO

[CHARACTER]

倉橋《くらはし》 やちよ《やちよ》

［性別］女
［学年］高校二年生
［身長］156センチ
［好きなもの］
バレーボール(部活)・
バイト

ごく普通の真面目女子。優等生気質ゆえか、蒼汰と乃愛の厄介事によく巻き込まれる。

エピローグ

乃愛《のあ》の告白未遂から一夜明け。

この騒動の発端になった二年B組の教室のみならず、他学年でもそれなりに話題になっているらしく、校内は少々騒がしくなっていた。

「センパイがた～、聞きましたよ？　なんでも昨日の放課後に『告白未遂』をしたんですってね～！　なにそれ超イタ～い！　少女漫画の世界でもそうは見ませんけどぉ～」

ゆえに昼休みを迎えるなり、ニヤニヤとしながら現れた後輩女子から煽《あお》られまくっている状況なんかも生まれたりしていたのだが。

「お～、茜《あかね》ちゃんじゃないか！　一緒にお昼でも食べようか？」

「茜、食べるなら早く座って。ちなみに、今日はなにをされても怒らない自信がある」

当の二人は一切気を荒立てることなく。しかも肌がツヤツヤになり、心なしか仏のようにニンマリとした顔をしていた。

というのもこの二人、すっかり昨日の『頬キス』のことで浮かれまくっているのである。

「うわ、気持ち悪っ。――ちょっとやっちゃんセンパイ、どうしちゃったんですかこの二人」

不気味に感じた茜が助けを求めるようにやちよを呼ぶと、やちよはやれやれといった様子で加わってくる。

「知らないけど、大人の階段でものぼったんじゃない？」

「えぇ？　この人たちに限ってそんなわけ――って、あれぇっ⁉」

やちよの言葉に、先ほどまで余裕たっぷりだった二人がダラダラと冷や汗を流している。

「えっ、ちょっ、マジですか？」

「「いやいやいや」」

「なにハモってるんですか、気持ち悪いですよ」

「気持ち悪いのはやっちゃん。勝手に変な想像をしないでもらいたい、この淫乱優等生め」

反撃とばかりに乃愛が食ってかかると、やちよは面倒そうにため息をつく。

「ちなみに朝から気になってたんだけど、藤白《ふじしろ》さん、リップ変えたでしょ？」

「んぎゃっ⁉　なじぇしょりぇを……」

どうやら図星だったらしく、乃愛が恥ずかしさに意気消沈してしまう。

そしてそんな朗報を得た蒼汰《そうた》は、頭の中のお花畑を活性化させていた。

「まあまあまあまあ、くらっしー、そういうことを直接言うものじゃないよ」

「まあが多いな、こっちもこっちで重症ね。――ってことで、ちょっと耳を貸しなさい」

「ん？　なんだよ」

呑気《のんき》な蒼汰の耳元に、やちよが唇を寄せてきて、

「そんな呑気《のんき》にしていていいの？　事実はどうであれ、昨日の告白がほんとなら、藤白さんはトモダチにあんたを譲る気満々かもしれないのに」

「い、いやでも、それは……」

「あの子って懐《なつ》いたら一途《いちず》になるタイプだろうし、あんたになら手を握るとか頰にキスぐらいは普通にしてそうよね〜。ま、さすがにそれを本気にするほどバカじゃないか、あんたも」

「……俺は、なにを調子に乗っていたんだろう」

途端に意気消沈する蒼汰。

さらに、やちよとの密接（？）なやりとりを見ていた乃愛は、ムッとして前のめりになる。

「ちょっと近すぎる。やっちゃんはクラス委員のくせにふしだら」

「あららぁ、ごめんなさいねぇ？　わたしとこいつ、こう見えても友達だから」

「んなっ⁉」

慌てて蒼汰の腕を引っぱり距離を取らせる乃愛を見て、やちよは軽く舌を出してみせる。

「やっちゃんセンパイ、意外と悪女ですね」

茜が呆《あき》れぎみに言うと、やちよは上機嫌に笑う。

「ああいう輩《やから》には、たまにお灸《きゅう》を据えてやらないとね。それに現状に満足していたら、多分こいつら一生このままな気もするし」

「あー、方向性はどうであれ、藤白センパイがあなたを警戒する理由がわかった気がします」

「ほんとにあいつら、方向性だけがズレているのよね……。まあでも、わたしはべつに夏井さんのことも嫌いじゃないし、遠巻きに応援はしているから」

「どもでーす。（この人が蒼汰センパイに本気になったら、ガチでヤバイかもなぁ……）」

「ならないから」

「ヒェッ、すみませんでした！」

そんな女子二人の怪しげなやりとりを遠目に眺めながら、蒼汰は苦笑交じりに言う。

「あはは……。とりあえず、くらっしーには逆らわないようにしよう」

「やっぱり蒼汰はやっちゃんの肩を持つ。私はもう、油断をしない」

「あー、ダメだこれ。こっちはこっちで、またなんか勘違いをしている気がするぞ……」

少し変わったようで、やっぱり変わっていないような幼《おさな》馴染《じみ》同士の関係。

思わず嘆く蒼汰の耳元に、今度は乃愛が唇を寄せて囁《ささや》いてくる。


「あのね、これはトモダチの話なんだけど――」


やっぱりというべきか、まだ続いていくようだ。

この恋物語はまだ、これからも。

あとがき

お久しぶりです。初めての方は、初めまして。戸塚陸《とづかりく》です。

この度は、『【恋バナ】これはトモダチの話なんだけど』をお手に取ってくださり、誠にありがとうございます。


本作はタイトル通り、恋バナから始まるラブコメとなっております。

幼馴染《おさななじみ》であるヒロイン・乃愛《のあ》から持ちかけられた恋愛相談は、本人の相談ではなくトモダチの話らしくて……という内容ですが、乃愛の可愛《かわい》らしさやいじらしさ、甘酸《あまず》っぱくてもどかしいやりとりなんかを描きました。

他人の恋バナほど楽しいような気もしますが、トモダチの話とやらが絡《から》むことで、なかなか愉快なことになっているんじゃないかと思っています。

本作のキーワードにもなっている『トモダチ』はどう関係してくるのか……この辺りも見どころの一つなので、どうぞお楽しみください。

そして見どころといえばイラストですが、表紙などを見ていただければわかる通り、女の子をとにかく可愛《かわい》く描いていただいています。このイラストだけでも本作を手に取る価値は十分にあると思いますので、ぜひお気軽に読んでみてください。

最後に謝辞を。

担当編集者様、そしてこの作品の出版にかかわってくださった皆様、ありがとうございます。今後ともよろしくお願い致します。

イラストを担当してくださった、白蜜柑《しろみかん》様。とても可愛《かわい》らしくて素敵なイラストによって本作を彩《いろど》ってくださり、ありがとうございます。今後ともよろしくお願い致します。

そして読者の皆様。本作を読んでくださり、誠にありがとうございます。今後も楽しんでいただけるよう精一杯励みますので、応援してくださると嬉《うれ》しいです。これからもどうぞよろしくお願い致します。


ここまで読んでくださって、ありがとうございました。

それではまた、次巻でお会いできることを願って。

戸塚陸《とづかりく》

◉戸塚 陸著作リスト

「未練タラタラの元カノが集まったら」（電撃文庫）
「【恋バナ】これはトモダチの話なんだけど
～すぐ真っ赤になる幼馴染の大好きアピールが止まらない～」（同）

本書に対するご意見、ご感想をお寄せください。

ファンレターあて先
〒 102-8177　東京都千代田区富士見 2-13-3
電撃文庫編集部
「戸塚 陸先生」係
「白蜜柑先生」係

本書は書き下ろしです。

電撃文庫

【恋《こい》バナ】これはトモダチの話《はなし》なんだけど

～すぐ真《ま》っ赤《か》になる幼馴染《おさななじみ》の大好《だいす》きアピールが止《と》まらない～

戸塚《とづか》 陸《りく》

◇◇◇
2024年1月10日　初版発行

発行者　山下直久
発行　株式会社KADOKAWA
〒102-8177　東京都千代田区富士見2-13-3
0570-002-301（ナビダイヤル）
装丁者　荻窪裕司（META＋MANIERA）
印刷　株式会社暁印刷
製本　株式会社暁印刷

●お問い合わせ
https://www.kadokawa.co.jp/（「お問い合わせ」へお進みください）
※内容によっては、お答えできない場合があります。
※サポートは日本国内のみとさせていただきます。
※ Japanese text only
※定価はカバーに表示してあります。

ISBN978-4-04-915442-9　C0193　Printed in Japan

電撃文庫　https://dengekibunko.jp/

電撃文庫DIGEST　1月の新刊　発売日2024年1月10日

86―エイティシックス―Ep.13
―ディア・ハンター―
著／安里アサト　イラスト／しらび
メカニックデザイン／I-Ⅳ
共和国避難民たちは武装蜂起を決行し、一方的に独立を宣言。鎮圧に駆り出されたのはシンたち機動打撃群で……一方ユートはチトリを連れ、共和国へ向かう。そして、ダスティンは過去と現在の狭間で苦悩していた。

新作 **私の初恋は恥ずかしすぎて誰にも言えない**
著／伏見つかさ　イラスト／かんざきひろ
女子にモテモテのクール少女・楓は恋をしたことがない。そんな楓はある日、息を呑むほど可愛い女の子と出逢う。人生初のときめきに動揺したのも束の間、麗しの姫の正体はアホで愚かな双子の兄・千秋だったぁ!?

新作 **ほうかごがかり**
著／甲田学人　イラスト／potg
よる十二時のチャイムが鳴ると、ぼくらは「ほうかご」にとらわれる。そこには正解もゴールもクリアもなくて。ただ、ぼくたちの死体が積み上げられている。恐怖と絶望が支配する“真夜中のメルヘン”解禁。

魔王学院の不適合者14〈下〉
～史上最強の魔王の始祖、転生して子孫たちの学校へ通う～
著／秋　イラスト／しずまよしのり
魔弾世界で大暴れするアノス。それを陽動に魔弾世界の深部へ潜入したミーシャとサーシャの前に、創造神エレネシアが姿を現す――第十四章《魔弾世界》編、完結!!

いつもは真面目な委員長だけどキミの彼女になれるかな?2
著／コイル　イラスト／Nardack
映像編集の腕を買われ、陽都は後輩（売れない）アイドルの「ＪＫコンテスト」を手伝うことに。けど吉野さんも一緒なら、初のお泊まり――合宿も行ける!?　だがＪＫコンには、陽都の苦い過去を知る人物もいて……。

不可逆怪異をあなたと2
床辻奇譚
著／古宮九時　イラスト／二色こぺ
異郷の少女・一妃。土地神となった少年・蒼汰。二人は異界からの浸食現象【白線】に対処しながら、床辻の防衛にあたっていた。そんな中、蒼汰の転校が決定。新しい学校では、土地神の先輩・墨染雨が待っており――。

勇者症候群3
著／彩月レイ　イラスト／りいちゅ
精神だけが《勇者》の精神世界に取り込まれてしまったカグヤ。心を無くした少女を護り、アズマたちは《勇者》の真相に立ち向かう――！

ツンデレ魔女を殺せ、と女神は言った。2
著／ミサキナギ　イラスト／米白粕
ツンデレ聖女・ステラの杖に転生した俺。二年生へ進級したステラは年に一度の『聖法競技会』に臨むことに！　優勝候補・クインザに対抗するため、俺（杖）は水の聖法を操るクーデレ美少女・アンリの勧誘に乗り出す！

少年、私の弟子になってよ。3
～最弱無能な俺、聖剣学園で最強を目指す～
著／七菜なな　イラスト／さいね
ラディアータとの約束を果たすため、頂へ駆け上がる識。ついに日本トーナメントへ出場！　しかし、聖剣“無明”の真実が白日の下に晒されてしまい!?　聖剣剥奪の危機を前に、師弟が選んだ道は――。

新作 **放課後、ファミレスで、クラスのあの子と。**
著／左リュウ　イラスト／magako
なんとなく家に居づらくて。逃げ込むように通い始めたファミレスで、同じ境遇の同級生・加瀬宮小白と出逢った。クラスメイトは知らない彼女の素顔が、彼女と過ごす時間が、俺の退屈な日常を少しずつ変えていく――。

新作 **彼女を奪ったイケメン美少女がなぜか俺まで狙ってくる**
著／福田週人　イラスト／さなだケイスイ
平凡な俺の初カノは“女子”に奪われました。憎き恋敵はボーイッシュな美少女・水嶋静乃。だけど……「本当の狙いはキミなんだ。私と付き合ってよ」　ってどういうこと!?　俺は絶対に落とされないからな！

新作 **セピア×セパレート**
復活停止
著／夏海公司　イラスト／れおえん
３Dバイオプリンターの進化で、生命を再生できるようになった近未来。あるエンジニアが〈復元〉から目覚めると、全人類の記憶のバックアップをロックする前代未聞の大規模テロの主犯として指名手配されていた――。

新作 **【恋バナ】これはトモダチの話なんだけど　～すぐ真っ赤になる幼馴染の大好きアピールが止まらない～**
著／戸塚 陸　イラスト／白蜜柑
悩める高二男子・瀬高蒼汰は、幼馴染で片思い相手・藤白乃愛から恋愛相談を受けていた。「友達から聞かれたんだけど……蒼汰ってどんな子がタイプなの？」まさかそれって……

レプリカだって、恋をする。
Even a replica falls in love
榛名丼
［イラスト］raemz
16歳、夏。はじめての、青春。
愛川素直という少女の
身代わりとして働く
分身体《レプリカ》、それが私。
本体のために生きるのが
使命……なのに、
恋をしてしまったんだ。
海沿いの街で
巻き起こる
ちょっぴり不思議な
青春ラブストーリー。
応募総数
4,128作品の
頂点
第29回
電撃小説大賞
大賞
受賞作
電撃文庫

クセつよ異種族で行列ができる結婚相談所
～看板ネコ娘はカワイイだけじゃ務まらない～
五月雨きょうすけ ill. 猫屋敷ぷしお
見習い秘書係のネコ娘、今日も頑張っています！
第29回 電撃小説大賞 受賞作
電撃文庫
特設サイトをcheck!!
STORY
訪れるのはワケあり相談者ばかり？
異種族同士の婚活って大変なんです！
ドタバタ婚活ファンタジー、はじまります!!
電撃文庫

第29回
電撃小説大賞受賞作
電撃文庫
四季大雅
［イラスト］一色
TAIGA SHIKI
Illust: ISSHIKI
僕が君と別れ、君は僕と出会い、
舞台《ものがたり》は始まる。
ミリは猫の瞳のなかに住んでいる
MILI LIVES IN THE CAT'S EYES
STORY
猫の瞳を通じて出会った少女・ミリから告げられた未来は、
探偵になって『運命』を変えること。
演劇部で起こる連続殺人、死者からの手紙、
ミリの言葉の真相――そして嘘。
過去と未来と現在が猫の瞳を通じて交錯する！
豪華PVや
コラボ情報は
特設サイトでCheck!!
電撃文庫

学生統括ゴッドフレイ。
煉獄と呼ばれる男。
その若かりし日の、
苛烈なる青春の軌跡。
宇野朴人
illustration ミユキルリア
七つの魔剣が支配する
Side of Fire ―煉獄の記―
オリバーたちが入学する五年前――
実家で落ちこぼれと蔑まれた少年ゴッドフレイは、
ダメ元で受験した名門魔法学校に思いがけず合格する。
訳も分からぬまま、彼は「魔法使いの地獄」キンバリーへと
足を踏み入れる――。
電撃文庫

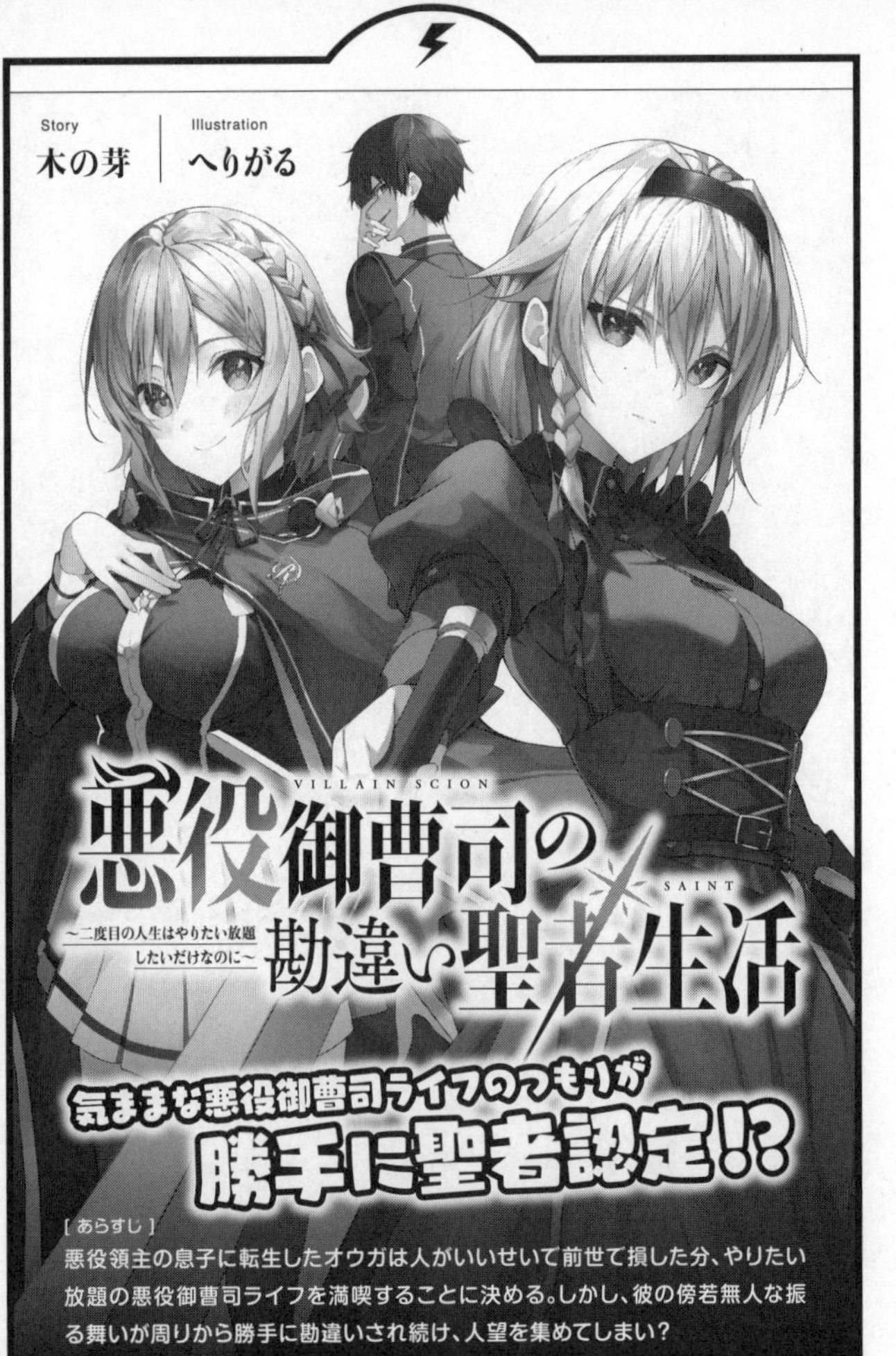
Story
木の芽
Illustration
へりがる
VILLAIN SCION
悪役御曹司の勘違い聖者生活
SAINT
～二度目の人生はやりたい放題したいだけなのに～
気ままな悪役御曹司ライフのつもりが
勝手に聖者認定!?
[あらすじ]
悪役領主の息子に転生したオウガは人がいいせいて前世て損した分、やりたい放題の悪役御曹司ライフを満喫することに決める。しかし、彼の傍若無人な振る舞いが周りから勝手に勘違いされ続け、人望を集めてしまい?
電撃文庫

全話完全無料のWeb小説&コミックサイト

電撃ノベコミ+

NOVEL 完全新作からアニメ化作品のスピンオフ・異色のコラボ作品まで、作家の「書きたい」と読者の「読みたい」を繋ぐ作品を多数ラインナップ。

ここでしか読めないオリジナル作品を先行連載!

COMIC 「電撃文庫」「電撃の新文芸」から生まれた、ComicWalker掲載のコミカライズ作品をまとめてチェック。

電撃文庫&電撃の新文芸原作のコミックを掲載!

電撃ノベコミ+ 検索

最新情報は
公式Xをチェック!
@NovecomiPlus